Notre distributeur :

**Messageries de presse Benjamin**
101, rue Henry-Bessemer,
Bois-des-Filion (Québec)
J6Z 4S9

Tél. : 450 621-8167

> Dire ou ne pas dire

LES ÉDITIONS LA SEMAINE
2050, rue De Bleury, bureau 500
Montréal (Québec) H3A 2J5

Directeur-général des éditions : Pierre Bourdon
Directrice des éditions : Annie Tonneau
Directrice artistique : Lyne Préfontaine
Coordonnateur aux éditions : Jean-François Gosselin
Infographiste : Marylène Gingras
Scanneriste : Éric Lépine

Réviseures-correctrices : Rachel Fontaine, Marie-Hélène Cardinal, Marie Théorêt
Photos de la couverture : Shutterstock
Illustrations intérieures : Simone M.-R., Shutterstock

Les propos contenus dans ce livre ne reflètent pas forcément l'opinion de la maison d'édition.

L'éditeur bénéficie du soutien de la Société de développement des entreprises culturelles du Québec pour son programme d'édition.

REMERCIEMENTS
Gouvernement du Québec – Programme de crédit d'impôt pour l'édition de livres – Gestion SODEC

Nous reconnaissons l'aide financière du gouvernement du Canada par l'entremise du Fonds du livre du Canada pour nos activités d'édition.

© Charron Éditeur inc.
Dépôt légal : premier trimestre 2013
Bibliothèque et Archives nationales du Québec
Bibliothèque et Archives Canada
ISBN (version imprimée) : 978-2-89703-094-0
ISBN (version électronique) : 978-2-89703-095-7

Maxime Roussy

Le blogue de Namasté

> Dire ou ne pas dire

ÉDITIONS
LA SEMAINE

Publié le 23 janvier à 20 h 26
Humeur : Ballottée

### > Il y a une explication à tout... non?

Je suis allée m'aérer l'esprit.

J'ai posé le bec du séchoir sur une de mes oreilles et je l'ai activé.

Eh bien, je l'ignorais, mais il n'y a pas de chemin qui se rende en ligne droite d'une oreille à l'autre.

C'est fou, non?

Un extraterrestre qui dissèque un être humain est en droit de s'attendre à ce que le canal auditif de l'oreille gauche ait un accès direct à celui de l'oreille droite.

C'est de la fausse représentation et je compatis avec les extraterrestres qui pourraient en être frustrés.

J'ai ouvert la fenêtre de ma chambre tantôt, j'ai mis mes mains en forme de cône et j'ai hurlé en direction de l'Univers: «Désolée pour les oreilles!»

J'ai reçu une réponse. J'ai distinctement entendu: «Je te pardonne!»

Ça venait de sous ma fenêtre.

Je me suis penchée et j'ai vu Tintin.

Zoukini! J'ai enfin la preuve qu'il vient d'une autre planète. 😊

Parlant de fausse représentation, c'est comme acheter une piscine gonflable.

Sur la boîte, tout a l'air magique : dans la piscine, on voit plein d'amis qui s'amusent, le sourire aux lèvres.

On ouvre la boîte, on gonfle la piscine et... où sont les amis ?

Il y en a sur la boîte, mais pas dedans !

FAUSSE REPRÉSENTATION !

Je me serais contentée d'amis « Made in China » qui perdent des morceaux quand on les regarde.

(Faut dire que pour 79,99 $, faut pas s'attendre à des miracles.)

(…)

Je suis allée faire une marche.

Il fait super froid dehors mais, courageuse comme je suis, j'ai bravé le temps inhospitalier afin de libérer mon esprit de toutes les pensées déconcertantes qui l'habitaient.

J'ai parcouru à peu près dix mètres en quelques minutes pendant lesquelles, dans l'ordre, j'ai glissé sur une marche, je me suis frappé le coccyx sur un morceau de glace, j'ai reçu une rafale de vent de 58 degrés Celsius en plein visage sans compter que Youki mon petit chien d'amooour s'est envolé et que je l'ai aperçu suspendu à la branche d'un arbre, 500 mètres plus loin, avant d'être ingurgité et régurgité violemment par une souffleuse à neige qui passait par là.

(Une ou plusieurs des dernières affirmations sont fausses, nommez lesquelles et expliquez votre raisonnement.)

Je suis retournée devant mon ordinateur, un glaçon pendant au bout de chacun de mes lobes d'oreilles (pas parce qu'il fait froid, mais parce que je porte une des créations du duo que forment Kim et Nathalie [ou Kimlie ou Nathalim], oui, je suis une fille «concept») et j'ai regardé de nouveau la page que j'ai dénichée sur le Net.

Plusieurs pages, en fait.

Dix-huit chapitres, pour être plus précise, parce qu'il s'agit d'un roman séparé en chapitres.

Un roman signé par un certain Luc Dugas quasiment identique à celui de Lara.

Il y a quelques différences – le titre, le nom des personnages et des lieux – mais pour le reste, c'est un copié/collé. ☹

Et ça me fait capoter!

Je me suis dit que ce Luc Dugas avait sans doute recopié le roman de Lara et l'avait fait passer pour le sien.

Sauf que l'œuvre en question a été publiée sur son site Internet personnel il y a deux ans et que le roman de Lara n'est pas encore en librairie.

Il aurait donc fallu qu'il se procure un exemplaire sur le marché noir des romans-de-science-fiction-peut-être-écrits-par-une-ado-de-14-ans.

Le roman va atterrir demain en librairie.

Et pour l'occasion, Lara m'a dit que l'attachée de presse avait planifié plus de huit entrevues pour elle à la télé et à la radio.

Dans le dossier de presse qu'on nous a remis au lancement, Lara est considérée comme une enfant prodige.

Je cite : «La future reine de la science-fiction, la digne successeure de Arthur C. Clarke (*2001, l'Odyssée de l'espace*), Philip K. Dick (*Total Recall, Running Blade*) et Harlan Ellison (la série de films *Terminator*).»

Avant, ça m'aurait rendue jalouse, ces comparaisons.

Mais maintenant, elles me mettent carrément mal à l'aise.

(…)

C'est vraiment par hasard que j'ai découvert le site de Luc Dugas.

Je faisais une recherche sur le Net au sujet d'une expression anglaise qui si retrouve dans le roman de Lara («*talkie-walkie*» : je suis nulle en anglais, je pensais que c'était un engin avec lequel on parle [*talk*] tout en lui faisant faire une marche [*walk*], genre chien du futur).

J'ai appris que le mot français était «émetteur-récepteur».

De fil en aiguille (ou plutôt d'hyperlien en hyperlien), j'ai abouti sur le site du gars, plus précisément dans l'extrait où se trouve *talkie-walkie*.

C'est ainsi que j'ai remarqué que c'était la même phrase que dans le livre de Lara.

Même phrase, même paragraphe.

Puis même paragraphe et même chapitre.

Et là, j'ai flippé.

Fallait que j'en parle à quelqu'un MAINTENANT.

Mais à qui?

C'est trop délicat comme sujet pour que j'écrive sur mon mur *Fesse-de-bouc*: «Catastrophe.»

Mes amies vont demander «Quoi?», «Qu'est-ce qui se passe?», «Raconte!». Et moi, satisfaite d'avoir attiré l'attention sur ma petite personne, je vais répondre «Je me comprends».

Non, fallait que j'évacue la chose sans nécessairement avoir un écho.

Je me suis rabattue sur Youki.

Dès que je lui ai dit ce qui se passait, il a réagi comme il le fait chaque fois qu'il subit un choc: il est sorti prestement de ma chambre en se traînant les fesses sur le plancher et en avançant avec ses deux pattes avant (ça ne m'étonnerait pas, à l'heure qu'il est, qu'il fasse encore des ronds sur le tapis du salon).

Comme je ne me suis pas sentie libérée pour autant, j'ai jeté mon dévolu sur mon toutou souris bleue que j'ai depuis ma naissance (ouais, je le tenais dans mes mains quand je suis sortie du ventre de ma mère; il était encore dans sa boîte d'origine).

Donc, je m'approche d'une de ses grosses oreilles, je lui murmure ma découverte et, incroyable mais vrai, mon toutou se met à traîner son postérieur sur mon lit avant de se jeter par ma fenêtre (je crois, à l'heure qu'il est, qu'il fait encore des ronds sur la tête de Tintin).

Je *freake*. 😖

Est-ce que je suis la seule au courant?

Est-ce que je devrais en parler à Lara?

Je ne veux pas être la messagère d'une nouvelle aussi dévastatrice.

C'est gros.

Ce n'est pas juste un gars (parce qu'il n'y a que les gars qui font ça, n'est-ce pas?) qui est allé sur Wikipédia pour sa recherche sur les États-Unis et qui a copié/collé la page au complet dans son travail.

(Commentaire: si, du jour au lendemain, un élève reconnu pour faire trois fautes à tous les mots remet un travail impeccable, le prof va se douter que quelque chose ne tourne pas rond. Sont pas zoufs, les profs. Bon, OK, il y en a quelques-uns, mais ce n'est pas la majorité.)

C'est tellement gros que ça me donne le vertige d'imaginer le scandale que ça pourrait provoquer.

L'éditeur de Lara, ses parents, les médias, les élèves dans l'école, les profs... Ouf!

(...)

Et si...

Et si, pour la première fois de ma vie (*deub*!), je paniquais pour rien?

Et s'il y avait une explication rationnelle à tout ça?

Il faut qu'il y en ait une.

IL. LE. FAUT.

Je vais aspirer de l'hélium et parler comme un de ces Munchkins dans le *Magicien d'Oz* et je reviens.

On me livre à
l'instant mes devoirs

Nomxox

Publié le 24 janvier à 6 h 12
Humeur : En désarroi

### > Faut crever l'abcès

Pourquoi est-ce que la semaine je dormirais jusqu'à dix heures et que, la fin de semaine, je me réveille avant mon heure habituelle ?

C'est mon horloge biologique qui me taquine ? Elle me fait une entourloupette ?

Sens de l'humour de mauvais goût, si toi, lectrice imaginaire, tu veux mon avis.

(...)

Grosse fin de semaine à l'horizon.

Je dois finir l'*Écho des élèves desperados* et l'envoyer ce soir à Monsieur Patrick pour qu'il le mette en page.

J'ai une TONNE de devoirs ; genre un camion lourd est en train de les déverser dans ma chambre avec un monsieur à drapeau qui demande aux gens qui passent à côté de ma chambre de ralentir.

Et il y a Mathieu qui m'énerve.

Il a dit à mon frère qu'il ne croit pas que j'ai un nouveau *chum*.

Il pense que je lui ai dit ça pour le rendre jaloux.

Il a raison, le pignouf !

Mais pas question de le laisser voir.

Oh, non ! Je vais me battre.

Et j'ai un plan : je vais prendre une photo de mon nouveau *chum* et de moi, heureux comme des oiseaux-mouches, le bec dans une fleur de plastique remplie de liquide sucré.

Et je vais la publier sur *Fesse-de-bouc* et ne permettre qu'à Mathieu de la voir.

Ouais... Je suis GÉ-NI-A-LE.

Mais pour ce faire, je dois trouver un moustachu-fleuriste-boxeur-dans-ses-temps-libres.

Mouais... Je ne me la suis pas donnée facile.

Où suis-je cencée trouver ça ?

J'ai cherché et n'ai déniché aucun groupe d'entraide/ organisme sans but lucratif/regroupement pour ce genre d'énergumènes.

Il en existe pour la prévention de l'obésité chez les animaux de compagnie, pour les camps de nudistes et pour les gens laids. C'est loin de ce que je recherche.

Je trouverai une solution, comme d'habitude.

Elle n'aura aucun sens et sera probablement humi-liante, mais ce sera mieux que rien.

(…)

Je cherche aussi une communauté qui viendrait en aide aux coccyx endoloris.

J'ai de la misère à m'asseoir.

D'ailleurs, pourquoi ça existe, un coccyx ? Et pour-quoi ça s'écrit comme ça ?

Me semble que «os inutile» aurait fait l'affaire.

Ou «partie du corps qui n'attend qu'à être frappée pour prouver qu'elle existe».

J'ai effectué des recherches, et c'est un souvenir bien réel de l'époque où l'être humain avait une queue (il y a genre 100 000 ans).

Ça l'aidait à garder l'équilibre, à chasser les mouches et à se défendre.

J'imagine que la queue est disparue quand l'homme a créé la marchette, la tapette à mouches et la brosse à barbecue (j'en garde toujours une sous mon oreiller au cas où une grille sale et graisseuse tenterait de m'agresser en pleine nuit).

Ce serait tellement *weird* si l'être humain avait encore une queue...

Les mensonges et l'hypocrisie seraient en voie de disparition, car les animaux manifestent leurs sentiments avec leur queue.

Quand mon chien est content, il la branle furieusement.

Quand un chat a peur, les poils qui la parsèment se hérissent.

Et quand un chimpanzé est sur le point de fumer une cigarette pour un sketch minable à la télévision, je n'ai aucune idée de ce qu'il fait de sa queue, mais je ne doute pas un instant que c'est spectaculaire.

Mais diantre, qu'est-ce que l'être humain ferait sans le mensonge et l'hypocrisie?

Plus rien ne fonctionnerait.

Tout le monde s'entretuerait.

Juste aller se faire couper les cheveux serait mortel.

**Exemple # 1 :** la coupe de cheveux est terminée, la coiffeuse demande si ça fait l'affaire de sa cliente.

Sa cliente trouve ça horrible (ce qui arrive une fois sur deux), mais elle répond avec un sourire forcé que « c'est parfait ».

Sauf que sa queue dit le contraire.

La coiffeuse s'en rend compte et PAF !, elle plante ses ciseaux dans le cou de sa cliente et boit son sang.

**Exemple # 2 :** la coupe de cheveux est terminée, la coiffeuse demande à sa cliente si ça fait son affaire.

La professionnelle du capillaire, constatant qu'elle est sur le point de ne pas recevoir un gros pourboire parce qu'elle a massacré la chevelure de sa cliente qui ressemble maintenant à un *splouche* de paille rouge-orange avec des reflets blonds, insiste pour dire que « ça fait différent », que « ce sera à la mode très bientôt » (mais ne mentionne pas que ça va se passer sur Neptune) et que « ça vous rajeunit au point où je mettrais ma main au feu que vous portez encore une couche ».

Sauf que la queue de la coiffeuse dit le contraire.

Et la cliente de s'emparer du repose-pied et d'assé-ner à la coiffeuse un coup sur la tempe, et la coiffeuse de boire son propre sang (ce qui arrive une fois sur deux ; elles sont comme ça, les coiffeuses).

Ce serait la fin du monde. Il faut absolument perpétuer les mensonges et l'hypocrisie !

Question technique : est-ce que la queue serait poilue ? Évidemment qu'elle le serait. Ce serait tellement laid si elle ne l'était pas. Paradoxalement, faudrait que les filles se la rasent, donc avec les aisselles, les jambes et le bikini, faudrait nous taper la queue, donc au lieu de passer quatre ans de notre existence à combattre « nos ennemis les poils », nous en passerions vingt. Aussi, j'imagine très bien les gars se faire entrer le bout de la queue le plus loin possible dans le nez pour impressionner... qui ?

*Wô.*

Qu'est-ce que je viens d'écrire ?

Qu'est-ce qui se passe ?

Où suis-je ?

(...)

J'ai jeté un œil au journal que Grand-Papi est allé chercher au dépanneur et Lara est sur la page couverture. Le titre : « 14 ans et déjà écrivaine ».

Ouche.

Lara a une séance de signatures dans une librairie pas très loin de la maison cet après-midi. Je vais aller faire un tour.

J'ai décidé que j'allais lui parler de ma découverte.

Ce n'est pas moi qui vais répandre la mauvaise nouvelle.

Mais je veux que Lara sache que je suis au courant et que si elle ne me donne pas un million de dollars en cinq sous, je vais révéler à la Terre entière son terrible secret.

Mais nooon, je ne suis pas odieuse à ce point.

Je vais plutôt lui demander le million de dollars en vingt-cinq sous...

Mouahahaha!

Mais nooon, voyons, un million de dollars, je n'ai pas besoin de ça, parce que je suis riche dans mon cœur.

Cela dit, je me mets à la place de Lara et j'ai des contractions dans l'intestin grêle.

Car j'en suis venue à la conclusion que c'est sans doute elle qui a fait du copier/coller.

Ouf... Elle doit *tellement* avoir la chienne de se faire prendre!

Je n'ai rien à voir avec cette histoire et j'ai peur!

Elle est coincée dans un engrenage jusqu'au coude.

Pauvre chouette...

Allez, je vais jouer au basketball en monocycle et je reviens.

\* \* \* \* \* \* \* \* \* \* \* \* \* \* \* \* \* \* \* \* \* \* \* \* \* \* \*

## POSSÉDEZ VOTRE PROPRE CHIMPANZÉ

Il est si mignon avec ses oreilles décollées et sa bouche expressive! Provenant directement d'un sous-sol insalubre, nos chimpanzés feront la joie des petits et des personnes âgées qui croiront qu'il s'agit d'un de leurs petits-enfants. Ce primate probablement plus intelligent que vous fera crouler de rire vos proches lorsqu'il tentera d'arracher votre visage à l'aide de sa puissante mâchoire et de ses dents aussi tranchantes que des lames de rasoir.

www.avosrisquesmaissurtoutperils.com

\* \* \* \* \* \* \* \* \* \* \* \* \* \* \* \* \* \* \* \* \* \* \* \* \* \*

Ne mêle pas ma race
avec tes histoires de fou

### > Fred me gosse

Mon frère n'arrête pas de me parler de mon supposé nouveau *chum*.

Il trouve qu'un «boxeur à moustache», c'est louche.

Me semble que le fait qu'il soit fleuriste est plus inquiétant, non?

Il m'a «invitée à venir discuter tranquillement avec (lui) dans (sa) chambre afin d'en arriver à un consensus constructif».

C'est exactement comme ça qu'il me l'a dit.

Une phrase toute faite écrite au stylo bleu dans la paume de sa main.

Hébétée par son vocabulaire aussi élaboré qu'inhabituel, je suis entrée dans sa chambre où il m'a fait asseoir sur une pile de livres dont il a collé les couvertures les unes aux autres parce qu'elles tombaient toujours.

Tellement moins compliqué que de les ranger dans sa bibliothèque où s'entasse une panoplie d'objets, sauf des livres.

– Alors, Namasté. Parle-moi de ce jeune homme à la pilosité apparente.

– Tu m'énerves avec tes questions. Depuis quand tu t'intéresses à mes amours ?

– Si tu me dis que le gars existe, je pense qu'il t'a entraînée dans une secte.

– Une secte ! Voyons, Fred.

– Il a quel âge ?

– Ben, euh, je sais pas... Mon âge.

– Et il a une moustache ?

– Ouais. C'est genre sa marque de commerce.

*Mais qu'est-ce que je raconte !*

– Sa marque de commerce ? Comment ça ?

*Je ne sais pas !*

– Eh bien, il est né avec.

*Schnoute de schnoute, ça va de mal en pis.*

– Il est né avec une moustache ?

*À l'aide ! Il n'existe même pas !*

– Ouais. Et, euh, il ne l'a jamais rasée.

*Eurk !* 😫

– Eurk ! Et c'est quoi son nom ?

*Vite, Namasté, trouve un nom ordinaire pour donner un peu de réalisme à ton histoire invraisemblable !*

– Wolfgang.

– Wolfgang ? C'est quoi ce nom-là ?

*Je ne sais paaas !*

– Euh, eh bien, sa mère faisait partie d'une meute de loups.

*Arrête, Nam!*

*– Deuh?*

– Ouais. Wolfgang m'a dit qu'elle avait été élevée par les loups. Genre, elle hurlait à la lune et mangeait des personnages de contes, ce genre de trucs.

Les yeux de mon frère se sont illuminés comme ceux d'un chevreuil sur le point de se faire écrabouiller par un camion.

– Attends, Nam. Peut-être que ton *chum* est né avec une moustache parce que son père est un loup!

– Ouais, ouais. J'y pense, dans nos moments intimes, il me chuchote parfois à l'oreille que du sang de loup coule dans ses veines.

*De quossé?*

– *Awesome!* Je veux tellement le rencontrer! Tu me le présentes quand?

– Oh, euh, ces temps-ci, il est plutôt occupé. Il empaille sa mère.

*De quossé ça (bis)?*

– Hein?

– Ouais, euh, sa mère est décédée et une de ses dernières volontés est de retrouver sa famille dans un musée sur la nature.

– Wow! C'est tellement hallucinant.

*Tu l'as si bien dit, bouffi!*

– Maintenant, euh, tu dois m'excuser, mais je dois aller l'aider.

– À empailler sa mère?

*Je suis un électron dans une autre dimension.*

– Ouais.

– C'est *weird*.

*Mon univers est juste un gros paquet de* ouate-dephoque*!*

– Ouais. Après avoir retiré tous les organes, on va farcir le corps avec du papier journal.

– Farcir?

– Ouais. Comme on fait avec une dinde à l'Action de grâce. On met de la farce. Mais, euh, pour sa mère, on va mettre du papier journal. C'est une tradition loupienne.

La peau du visage de mon frère est devenue quasiment transparente. 😕

– Je ne me sens pas trop bien, soudainement.

*Attention, j'éclate!*

– Saint-Nom-du-Guerrier-Apache-Géronimo, Fred, comment ça se fait que tu ne t'es pas rendu compte que je te raconte n'importe quoi?

– Hein?

– Ça te prend quoi? Que j'accouche de louveteaux devant toi en jouant du tam-tam?

– Je ne comprends pas.

– Tout ce que je viens de te dire est faux. C'est complètement *nawak*. De la bouillie pour les chats. Des excréments de bœuf.

– Tu vas pas empailler une vieillarde avec le fils d'une femme élevée par des loups ?

– J'en reviens pas comme t'es naïf, Fred. Non, je ne vais empailler personne, surtout pas la mère d'un mec qui s'appelle Wolfgang, qui est né avec une moustache et dont le père est un loup.

Fred, vexé :

– C'est chien, Nam, ce que tu viens de me faire. Je t'ai crue. Je t'ai fait confiance.

– Je sais ! Et c'est grave ! Où est ton esprit critique ?

– Mon quoi ?

– Laisse faire. Faut que tu aides ta petite sœur. J'ai dit à Mathieu que j'avais un *chum*, et là, je suis coincée avec mon mensonge.

– Tu lui as menti aussi ?

– N'essaie pas de me faire sentir mal, OK ? Tout le monde ment tout le temps.

– Pas moi.

– *Heille*, Foufounette, t'as pas de leçon à me donner. Juste ce matin, je t'ai entendu dire à Mom que t'avais nettoyé la cuvette des toilettes.

– Je ne peux juste pas. C'est trop cruel.

– Explique-moi comment laver la cuvette des toilettes peut être cruel.

– Eh bien, quand je verse le produit, j'entends ces millions de bactéries crier à l'aide. Et tous ces enfants bactéries et ces mamans bactéries et ces bébés pandas bactéries qui agonisent, ça me fend le cœur.

– Parce que t'es un gars *tellement* sensible.

– C'est vrai que je suis sensible. Je suis content que tu l'aies remarqué.

– C'était du sarcasme, Fred. Sauf que là, faut que tu m'aides. Il faut que tu me trouves un mec assez musclé qui porte une moustache.

– Et c'est à ce moment que j'interviens.

Cette voix, c'est celle de Tintin.

Elle provient d'en dessous du lit de Fred, d'où il s'extirpe.

– Qu'est-ce que tu fais là ?

– C'est personnel, dit Tintin en se relevant. Donc, tu cherches un éphèbe avec une moustache, c'est ça ?

– C'est quoi, un éphèbe ? demande Fred. Un genre de très beau jeune homme ?

– Je pense que c'est plutôt une infection transmise sexuellement, répond Tintin. Donc, Nam, c'est ce que tu cherches, n'est-ce pas ?

– Ouais, mais c'est quoi ton rapport ? T'es propriétaire d'une agence de mannequins, maintenant ?

- Non. Je veux simplement aider mon prochain. J'ai besoin de savoir ce que tu comptes faire avec.

- Prendre une photo avec lui. Et extraire par la suite ses organes afin de les vendre sur le marché noir.

- Très bien. Fais-moi confiance, je vais t'en trouver un.

- Hé, oh, je niaise au sujet de la photo avec lui.

Tintin me fait un clin d'œil de connivence.

- J'avais compris.

(…)

Je m'en vais au centre commercial rencontrer Lara.

J'espère pouvoir lui parler seule à seule.

Unique bogue : je ne sais pas comment aborder le sujet parce que j'ignore complètement comment elle le prendra.

Je vois trois manières :

❀ Indirecte : Je prends un des romans sur sa table de dédicaces et dis assez fort pour qu'elle m'entende que ça ressemble à une histoire que j'ai lue sur le Net il y a deux ans écrite par un certain Luc Dugas.

❀ Directe : Je prends un des romans sur sa table de dédicaces et le lance au bout de mes bras tout en donnant des coups de pied sur les présentoirs en hurlant des insanités en grec (Ταξινόμηση της λογοκλοπής δύο στήθη μου!), puis je renverse la table et je fais dessus un semblant de surf tout en imitant le bruit de monstrueuses vagues australiennes avec ma bouche.

● Entre-deux : alors qu'elle sort des toilettes, je lui mets dans la bouche un roman de format poche, je l'entraîne dans la section Nouvel âge et lui fais avouer ses fautes.

Ouf... Quel dilemme. 😨

(...)

Allez, je vais démanteler un réseau de contrebande de mozzarella et je reviens.

Même à l'eau de Javel
ça ne part pas

Namxox

Publié le 24 janvier à 16 h 04
Humeur : Sceptique

### > Ça ne marchera pas

Ouf! Je suis parvenue à parler à Lara, mais quelle aventure!

Il y avait foule à la librairie.

Il a fallu que j'assène des coups de canne subtilisée à un pauvre centenaire confus afin de me frayer un chemin dans ce tsunami humain.

Ça criait, ça hurlait, ça se bousculait, il y a eu sept morts, tous piétinés, sauf un qui s'est étouffé avec un bonbon dur.

Puis il y a eu des gardes du corps.

Deux montagnes de muscles aux airs patibulaires.

Je leur ai donné à chacun un coup de karaté derrière le mollet – Ahhh ya! - et, par la magie de mes talents en arts martiaux, j'ai paralysé tous les nerfs de leur corps. Ils se sont effondrés sur ce pauvre centenaire confus gisant sur le sol qui tentait péniblement de se relever.

Parlant de centenaire confus, Grand-Papi va beaucoup mieux. Encore quelques jours à l'hôpital et il sera de retour à la maison. Yé!

D'accord, j'ai peut-être un peu exagéré. Un peu.

Il n'y avait quasiment personne à la librairie.

Je suis parvenue à parler à Lara sans difficulté.

Elle était assise à une table remplie des romans qui portent son nom.

Elle est toute petite, on aurait dit qu'elle allait s'y noyer.

(Hum... Image troublante : Lara qui meurt à cause d'un livre qu'elle n'a pas écrit.)

Quand je suis arrivée, elle discutait avec un bossu (ou un homme qui porte son sac à dos sous son manteau) et elle a paru vraiment heureuse de me voir.

Quand le monsieur s'est éloigné, elle m'a dit :

– Ouf, il était temps qu'il se passe quelque chose. Ça fait une heure qu'il me jase !

– Ah oui ? De quoi ?

– Du livre qu'il écrit sur des rouleaux de papier de toilette.

– Vraiment ?

– Ouais. Avec de l'encre invisible pour ne pas se faire voler ses idées.

– Wow. Ça ferait un bon personnage de roman. Dis, comment ça se passe ?

– Correct, j'imagine. J'en ai vendu deux. À deux de mes tantes.

– Oh. Euh, c'est mieux que rien. Une éditrice que je connais m'a dit que les séances de signatures, pour 99 % des auteurs, c'est un bon exercice d'humilité.

– Comment ça ?

– Eh bien, personne ou presque ne vient voir les auteurs débutants. Ils se sentent des moins que rien.

– Je n'ai pas besoin de ça pour me sentir nulle. Mais, euh, tu connais une éditrice?

– Oui. Euh, moi aussi, j'ai écrit un roman. Mais je pense qu'il est trop poche pour être publié. Pas grave, je vais en écrire un autre.

Une dame s'est approchée et je me suis tassée.

Elle a regardé les romans de Lara avec dédain, comme si ça portait le titre *Nos amis les asticots* avec, comme sous-titre, *Ils sont blancs, ils sont gluants, mais heureusement, ils mangent tout ce qui n'est pas vivant*, puis elle lui a demandé où elle pourrait trouver des livres portant sur le maquillage permanent.

– Aucune idée, a dit Lara. Je crois que vous devriez vous adresser à une libraire, là-bas, derrière le comptoir.

Et la dame de s'éloigner, tout en sortant une bouteille d'antiseptique de sa sacoche pour se *sploucher* les mains.

C'est à ce moment que j'ai réalisé que ma présence dans ce temple consacré à la littérature avait deux buts:

❀ 1. Acheter un livre sur le maquillage permanent (j'ai 14 ans maintenant, la dame m'a fait réaliser que je devais sérieusement y songer), et

❀ 2. Parler à Lara de Luc Dugas et de son roman en ligne.

Parce que je ne voulais pas que ce soit brutal, j'ai essayé d'aborder le sujet par la bande. J'ai, bien entendu, lamentablement échoué.

– Je suis tombée sur le Net sur une version quasiment identique de ton roman.

– Hein?

– Je... Je sais que c'est un sujet super sensible. Mais, euh...

Elle a détourné la tête et m'a coupée:

– Je sais pas de quoi tu parles.

Je me suis accroupie pour me mettre à son niveau.

– Écoute, je n'ai pas dormi de la nuit à cause de cette histoire. Je... Je veux juste que tu saches que je veux t'aider.

– M'aider à quoi?

– Eh bien, à passer au travers. Je ne sais pas pourquoi tu as fait ça, je m'en fous. Mais c'est sûr que tu vas te faire coincer. Et je pense qu'il vaut mieux, avant que ça aille trop loin, que tu avoues.

Lara ne parle ni ne bouge.

Mais son visage est devenu tout rouge.

– Qu'est-ce que tu vas faire? Tu vas me *stooler*?

– Non. Non, pas du tout. Je vais garder ça pour moi.

Elle me regarde, enfin.

Son visage se décompose et elle se met à pleurer.

Je m'approche d'elle pour la serrer dans mes bras.

– J'ai tellement peur, elle me dit.

Bien entendu, c'est à ce moment qu'une fille de 16-17 ans est arrivée, impressionnée de rencontrer une adolescente qui est parvenue à faire publier son roman.

Lara s'est mouchée, s'est excusée en disant souffrir d'allergies pour expliquer son visage congestionné.

Et cette fille de poser un million de questions à Lara sur la meilleure manière d'être publiée, sur ses trucs pour écrire un roman, sur comment on se sent quand on tient dans ses mains son premier livre publié, et j'en passe.

Tsé, l'expression «tourner le fer dans la plaie»? C'est ce qui s'est passé. 😔

La rencontre s'est terminée avec la fille qui m'a demandé de les prendre en photo, photo qu'elle compte publier sur *Fesse-de-bouc*.

Une fois la lectrice partie, Lara a dit:

– Je peux pas rester ici.

– Tu finis à quelle heure?

– Dans une demi-heure, ma mère vient me chercher. Je n'en peux juste plus, je manque d'air.

Elle s'est mise à respirer rapidement.

Je l'ai prise par le bras:

– Viens avec moi.

On est sorties de la librairie et on est allées aux toilettes.

Là, j'ai pris du papier pour s'essuyer les mains que j'ai imbibé d'eau froide.

J'ai posé la compresse improvisée sur le front de Lara.

– Tout va bien aller, je lui ai dit.

– Non, Namasté. Tu ne réalises pas la grosseur de la gaffe que j'ai faite.

Oui, bien sûr, mais je voulais apaiser sa tension.

– On fait tous des erreurs, j'ai dit.

– Non, Namasté. Pas comme la mienne. Mon éditeur a investi 50 000 dollars dans ce livre. Depuis une semaine, une quinzaine de journaux ont publié des articles. Sans compter les trucs sur le Net et à la télévision. Mon nom est partout. Et tous ces profs à l'école qui me saluent et les élèves qui m'envient.

OK, je n'avais pas réalisé TOUTE l'ampleur de sa gaffe. Au point où j'ai moi-même commencé à avoir du mal à respirer. ☹

– Et mes parents, a continué Lara, je n'ose même pas y penser. Ils vont me tuer.

– Peut-être que s'ils ne mettaient pas autant de pression sur toi, tu aurais agi différemment.

– Peut-être. Mais il est trop tard. Je suis dans un cauchemar.

– Tu n'es pas seule.

– Je suis seule, Namasté. Je n'ai que moi à blâmer.

– Non, tes parents aussi ont des reproches à se faire. Ils sont responsables de toi. Je sais ce que c'est, écrire un roman. C'est dur. Ça prend du temps. Comment ça s'est passé ? Un jour, pendant le souper, tu leur as annoncé que t'avais écrit un roman ?

– Oui.

– Mais tes parents, ils n'ont pas trouvé ça bizarre ? Est-ce qu'ils t'ont vue en train de l'écrire ? Ça paraît quand tu écris un truc aussi gros. Et tu en parles.

– Je ne sais pas. Ma mère a voulu lire le manuscrit, je l'ai imprimé pour elle et une semaine plus tard, elle avait trouvé un éditeur. Je n'ai pas eu le courage de lui dire la vérité.

– Ouf... C'est vraiment à ce moment-là que tu aurais dû lui dire.

– Je sais, Namasté. J'y pense constamment. Et sais-tu le pire ? Je n'ai même pas réussi à impressionner mes parents. C'est comme si c'était normal pour eux.

Lara regarde son téléphone cellulaire.

– Faut que j'y aille, ma mère m'attend.

Avant de sortir des toilettes, je l'ai retenue par le bras.

– Écoute, je veux juste te dire que je suis là pour toi.

– Merci, Namasté.

– Tu vas faire quoi ?

– Je vais sourire et me la fermer. Tant qu'à m'enfoncer, je vais m'enfoncer jusqu'au bout.

Sa mère était à la table de dédicaces, piaffant d'impatience.

– T'étais où ? elle lui a demandé. Une dame s'est arrêtée, t'aurais pu lui vendre ton roman.

– J'ai fini, on s'en va.

– Non, a dit sa mère. Si tu veux réussir, même si tu as le talent, tu dois travailler plus que les autres.

Je suis de retour à la maison.

À l'heure qu'il est, Lara est sûrement toujours assise devant sa table remplie de livres même si, selon son horaire, elle aurait dû avoir terminé depuis une heure et demie. 😟

(…)

Je ne crois vraiment pas que la solution au problème (quel problème!) de Lara est de laisser faire.

Ça ne servira qu'à augmenter son anxiété.

Et les dommages, à chaque heure, grossiront à vue d'œil.

Je crois qu'elle devrait tout avouer à ses parents et leur laisser l'odieux de l'annoncer à l'éditeur.

Mais bon… C'est pas mal plus facile à dire qu'à faire!

Peut-être qu'à la place de Lara, j'aurais la même réaction.

Moi, quand j'ai un bouton sur le front, j'ai honte d'aller à l'école. Je n'arrive juste pas à imaginer ce que ce serait si je me faisais prendre à plagier.

C'est pas un travail qui vaut 0,5 % de la note du bulletin: c'est un roman qui occupe des places de choix dans les librairies de la province et qui fait parler tous les chroniqueurs littéraires. 🙁

(…)

Tintin n'a pas mis de temps à trouver une solution au problème Wolfgang ; il a plusieurs «candidats» à me suggérer.

Il les a trouvés où ?

Je dois terminer l'*Écho des élèves desperados*, après, je ferai avec lui le tour des gars qu'il veut me suggérer.

Allez, je vais apprivoiser le pissenlit afin de prouver qu'il est une plante délicieuse et très vitaminée et je reviens.

Quand je vais être grand,
je veux devenir un tapis quétaine

Namxox

### > *Ouate de phoque?*

Je viens de regarder les «candidats» que Tintin a dénichés pour personnifier, le temps d'une photo, Wolfgang, mon *chum* imaginaire.

En s'assoyant devant l'ordi, Tintin était vraiment fier de lui :

– C'est fou comme j'ai reçu des réponses rapides. Cinq minutes après avoir passé l'annonce, j'avais reçu plus de vingt courriels.

– Comment tu as fait?

– J'ai laissé un message sur un site.

– Quel site?

– Je ne me rappelle plus trop. J'ai tapé «moustache», «muscles» et «fleurs» dans *Gougueule* et je suis arrivé directement dessus.

Tintin a ouvert sa boîte de réception.

– Il a fallu que je fasse un tri parce que certains gars en ont vraiment trop mis. Genre, ils étaient trop emballés. Parlant de ça, il y a même un gars qui a envoyé une image où il est enveloppé dans de la pellicule plastique. Il a l'air d'un *wrap,* comme ceux qu'on vend à la caf de l'école.

– Attends. Sur quel genre de site tu es allé?

Tintin ouvre un message.

– Je sais plus. Bon, tiens, lui, c'est un des premiers que j'ai reçus. Qu'est-ce que t'en penses?

Une image apparaît sur l'écran.

Celle d'un gros homme à moustache ne portant rien d'autre qu'une casquette de cuir dans un champ.

Son *swizzle* est caché par un tournesol. 😶

J'ai gloussé de dégoût:

– *Quessé* ça!

– Il s'appelle Marco. Il dit qu'il aime les fleurs. Donc parfait pour toi: moustache, ami des végétaux et musclé.

– Il est pas musclé, il est obèse! *Schnoute*, Tintin, tu l'as pigé où, ce mec?

– D'accord, d'accord. Je constate que t'es une fille qui ne se contente pas de peu. Je te présente Rico.

Une image pire que la précédente apparaît: dans un décor imitant l'Antarctique, un homme est étendu sur une peau d'ours polaire la gueule ouverte avec un pauvre p'tit chien couché devant lui, stratégiquement placé entre son nombril et ses cuisses.

Ah oui, dans les poils de son torse, on lui a rasé un cœur.

– Je sais qu'il n'a pas de moustache, a fait Tintin, mais il dit qu'il a la barbe forte. Trois jours et, magie!, un balai apparaît sous son nez. Et il m'a aussi écrit qu'enfant, il a déjà eu un cactus.

– Je suis déchirée: je ne sais pas si je dois me sentir mal pour l'ours polaire ou pour le pauvre chien qui a l'air *full* terrorisé.

– Alors ? Tu en penses quoi ?

J'ai tourné la tête vers Tintin.

– Écoute, c'est gentil ce que tu as fait, mais pour l'amour de la sauce à poutine, ils viennent d'où, ces gars-là ? D'un cirque ?

– J'ai compris, j'ai compris. Regarde celui-là, je l'ai gardé pour la fin. Il est PAR-FAIT.

Parfait ?

Moustache ? *Check!*

Musclé ? *Check!*

Rose à la main ? *Check!*

La bouche comme celle d'un cheval étant donné qu'une quantité phénoménale d'air entre dedans parce qu'il est en chute libre, n'ayant pour seul habit que son parachute ? *Check!*

« Presque » parfait. 😶

J'ai gardé mon calme :

– Tintin, dis-moi s'il te plaît où tu as trouvé ces sympathiques personnages.

Il a poussé un soupir d'exaspération avant de me dire :

– Tu savais qu'aux États-Unis, 70 enfants meurent chaque année après s'être étouffés avec une saucisse ? Que 30 personnes sont tuées par des chiens ? Que 130 chevreuils sont heurtés par des voitures ? Que les machines distributrices tuent 13 personnes ? Est-ce que tu le savais ?

– Euh, non. Mais, euh, quel rapport ?

– Et ton hippopotame adoré. Tu étais au courant qu'il faisait 2 900 morts par année?

– Mon hippo d'amour? Impossible!

– Oui, c'est possible.

– Ça reste à prouver. Maintenant, qu'est-ce que les enfants, les chevreuils et les machines distributrices ont à voir avec les moustaches?

– Misère, il faut tout t'expliquer, comme aux enfants. Tu dois ouvrir ton esprit, Namasté. Tu dois laisser d'autres pensées faire un nid en toi et pondre des œufs.

– Je n'aime pas trop l'idée.

– Tu cherches un gars moustachu, au corps d'athlète et qui a le pouce vert. C'est ce que je t'ai trouvé!

– Tintin, dis-moi où tu les as dénichés.

– Un site de petites annonces.

– Quelle section?

– Homme cherche homme. La sous-catégorie était «Avec photo artistique».

– Quoi?

– Quoi, «quoi»? Je suis un homme et je cherchais un homme. Et on parle de photos.

– C'est inapproprié, Tintin. Ce sont des gars célibataires qui cherchent d'autres gars. Tu comprends? Comme un site de rencontres.

– Oui, je comprends très bien. Mais rien ne précise que ça doit avoir rapport avec l'amour.

Je me suis frappé bruyamment le front avec la paume de la main.

– Tintin, voyons !

Il a tenté de défendre son point.

– Mettons que tu entres chez un garagiste et que tu achètes un pneu. Est-ce que c'est nécessairement pour l'installer sur une automobile ? Non. Tu peux faire un pot de fleurs avec. Ou une balançoire. Ou une belle colonne de fumée noire en l'incendiant.

– De quoi tu parles ?

– Écoute-moi bien, Namasté. La leçon que je vais te donner va te servir tous les jours de ta vie. La créativité sera la clé de tous tes succès. Ça et la manière dont tu balances tes fesses quand tu marches.

– Je ne comprends plus rien.

Tintin lève un doigt en l'air.

– J'ai une idée. Je sais qui pourrait parfaitement te servir de *chum*.

– Qui ? Si tu penses exploiter un itinérant, je t'avertis, je ne suis pas d'accord.

– Non, non. J'en ai approché un, mais je me suis vite rendu compte que sa moustache était en fait de la saleté. C'est un exploit, quand même, parce qu'il y a des poils qui ont poussé dessus. D'un point de vue organique, ça doit être voisin du compost.

– Tu me dégoûtes.

– Merci, t'es fine. Je pense à quelqu'un que ton frère connaît. Je vais te revenir avec la solution idéale, c'est une promesse.

C'est là qu'est venu le moment tendre de la journée. Je lui ai demandé :

– Pourquoi tu fais ça pour moi ? Pour une fois, tu ne pourrais pas me laisser tranquille et te mêler de ce qui te regarde ?

Il n'a rien répondu, gêné par la dose massive de gratitude et d'amour que je venais de lui donner.

Allez, je vais en apprendre un peu plus sur le *Vampyroteuthis infernalis*, dit vampire des abysses, mangeur de cadavres, et je reviens.

Et je ne parle pas de mon frère.

# Miam miam

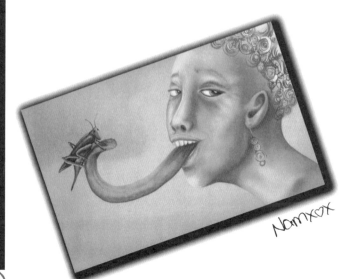

Publié le 25 janvier à 2 h 31
Humeur : Gaie

### > Fini !

Hé, hé !

Je vais me coucher super tard, mais ça en valait la peine : tout est maintenant prêt pour le premier vrai numéro de l'*Écho des élèves desperados.*

J'ai révisé tous les textes, je leur ai accordé à chacun une place dans la grille, j'ai rassemblé toutes les photos – y compris celles de Fred et du Roi des têtards gluants en petite tenue paniqués dans les corridors de l'école, les pieds collés à des plateaux de cafétéria.

J'ai aussi une bande dessinée bizarre et une caricature pas drôle.

Pas grave, l'important est que les élèves participent.

Ce sera un numéro historique !

Il ne manquait qu'un texte percutant, que j'ai pondu à la dernière minute.

Un autre qui devrait faire réagir, dans le même genre que la nouvelle méthode de punition de Monsieur M. :

*La cafétéria n'a pas fini de nous surprendre*

*Étant constamment à la recherche de nouvelles idées afin de titiller les papilles gustatives de ses clients, notre cafétéria a ajouté de nouveaux éléments à son menu : des insectes.*

«Dans plusieurs cultures, les insectes font partie intégrante de ce que la population ingère quotidiennement. Il est temps de sauter dans le train avant de se faire frapper par lui!»

Cette blague, que la digne représentante de l'*ÉDÉD* tente toujours de comprendre, démontre bien la pétulance avec laquelle Madame Chalifoux, responsable des achats de notre cafétéria, aborde la question des choix alimentaires inédits qu'elle propose à la communauté estudiantine.

«Les insectes contiennent beaucoup de protéines, plus que le bœuf. Par exemple, les chenilles sont pleines de magnésium, de phosphore, de zinc, de fer et de vitamines. En plus, aucune préparation n'est nécessaire. Sans compter qu'elles sont mignonnes et colorées!»

Outre les chenilles, notre cafétéria offrira des grillons, des criquets, des blattes ainsi que des vers.

Interrogée au sujet de l'onde de choc que cela pourrait provoquer, Madame Chalifoux s'est fait rassurante: «De toute façon, des *bébittes*, il y en a toujours eu plein dans les mets qu'on sert. Les élèves en mangent sans s'en rendre compte depuis des années. Il n'y a rien de nouveau.»

Madame Chalifoux dit pratiquer l'entomophagie – la consommation d'insectes par les humains – depuis quelques années. Elle souhaite faire découvrir à ses clients la joie qui l'envahit lorsqu'elle croque dans une sauterelle et que du jus au goût de peau de poulet grillée dégouline dans sa bouche.

Autre bonne nouvelle, les mets proposés seront peu chers et toujours frais puisque la cafétéria aura son propre élevage d'insectes.

«On n'aura plus à dépenser des sommes exorbitantes en exterminateurs. Toutes les *coquerelles* attrapées seront immédiatement offertes aux élèves.»

Quant aux rats piégés, la responsable des achats de la cafétéria est plus prudente : «J'en ai goûté quelques-uns et ça ne m'emballe pas vraiment. Certains sont plus gros que des chats ; il faut une arbalète pour les chasser. Tandis que la coquerelle, on peut en prendre une dans ses mains et la jeter directement dans la marmite. Aucun risque qu'elle en sorte et dévore un nez comme cela est arrivé à une de mes employées.»

Sur ce, bon appétit !

(…)

Malade mental !

J'ai vraiment hâte de connaître la réaction des élèves.

Allez, je vais creuser dans ma cour pour m'assurer que la maison n'est pas construite sur un ancien cimetière amérindien et je reviens.

★ ★ ★ ★ ★ ★ ★ ★ ★ ★ ★ ★ ★ ★ ★ ★ ★ ★ ★ ★ ★ ★ ★ ★

## DES RATS, PAS DES RATÉS

Nous faisons partie des R.A.T.S. (Regroupement affectueux des troupeaux solitaires), association qui se consacre complètement à la cause de ces pauvres rongeurs systématiquement conspués et discriminés. Le rat est un parfait animal de compagnie: social, brillant et même drôle (lorsque vous en croiserez un, demandez-lui de vous raconter la blague du chat qui pouvait roter ses miaulements). De plus, si vous le nourrissez suffisamment, il peut vous servir de moyen de transport: vous sautez sur son dos et hop, il se met à galoper. Appréciez alors la réaction hilarante des passants!

www.onaomisdevousdirequilpeuttransmettrelapeste.com

★ ★ ★ ★ ★ ★ ★ ★ ★ ★ ★ ★ ★ ★ ★ ★ ★ ★ ★ ★ ★ ★

# Benoit ?!

Namxox

Publié le 25 janvier à 15 h 43
Humeur : Morose

### > Ma journée est anéantie

*OMG !* Je me suis levée beaucoup trop tard : à deux heures de l'après-midi.

Le pire est que j'aurais dormi encore plus.

C'est Fred qui est venu me réveiller en me donnant des coups de toutou souris bleue sur la tête.

Ce grand frère, il sait comment m'extirper de mon sommeil pour que je sois de bonne humeur !

Je déteste me lever tard. J'ai l'impression que la journée sera ratée.

Et ce soir, j'aurai du mal à m'endormir.

Demain matin, faudra qu'on me bombarde de balles de peinture pour que je daigne ouvrir les yeux (pour ça, je peux évidemment compter sur Fred).

J'ai une montagne de devoirs et de leçons.

Cest poche ; j'aurais bien aimé faire de l'équitation inversée aujourd'hui (on court dans un enclos boueux avec un cheval sur le dos, ce sera bientôt à la mode chez les jeunes).

(…)

Je n'en ai pas parlé ici, mais Mathieu et moi avons échangé quelques textos hier.

Il me dit que le fait que je puisse avoir un *chum* (il ne croit pas à mon histoire de Wolfgang, tsé, il est pas imbécile) lui a fait réaliser à quel point il m'aimait.

**Moi**: Et Valentine là-dedans?

**Mathieu**: Arrête de me parler d'elle. C'est de toi et moi qu'on discute.

**Moi**: Eh bien, c'est ta blonde, je te le rappelle.

**Mathieu**: Je sais. Mais je vous aime toutes les deux.

**Moi**: Eh bien, il y en a une de trop. Tu ne peux pas avoir un harem.

**Mathieu**: Malheureusement.;)

**Moi**: Et j'ai un *chum*.

**Mathieu**: Ouais, c'est ça.

**Moi**: Je te le dis!

**Mathieu**: Prouve-le-moi.

**Moi**: Je n'ai rien à te prouver, patate.

**Mathieu**: Ah! Ah! Je savais que t'avais pas de *chum*!

**Moi**: Tu vas faire un saut quand je vais publier sa photo sur *Fesse-de-bouc*.

**Mathieu**: Tu m'as bloqué, je ne pourrai même pas la voir.:(

**Moi**: Juste pour te clouer le bec, je vais te débloquer.

Pourquoi je continue à entretenir une relation avec lui?

Il m'a traitée comme un emballage de jambon cuit visqueux; je devrais le bannir de ma vie.

Mais je ne suis comme pas capable.

Je sens que j'ai un certain pouvoir sur lui et j'aime ça.

Je suis pas mal sûre que si je cédais à ses avances, je pourrais le reconquérir.

Servir la même médecine à Valentine.

VENGEANCE! 😼

Mais à quoi bon?

Il y a aussi son problème de vol à l'étalage qui me bogue.

Je lui ai dit hier que je ne pourrais pas lui servir d'alibi.

La date et l'heure qu'il m'a envoyées, je n'étais pas avec lui.

J'étais en voyage à 5 000 kilomètres de la ville.

Mais il a insisté.

**Mathieu**: Allez. Fais ça pour moi.

**Moi**: Non. Je ne peux pas mentir.

**Mathieu**: C'est pas mentir, c'est m'aider.

**Moi**: N'essaie pas de jouer avec mes sentiments. C'est non, Matou.

**Mathieu**: Matou... J'aime ça quand tu m'appelles comme ça. <3

**Moi**: T'es en couple et je suis en couple.

**Mathieu**: T'es pas en couple...

**Moi**: *Wanna bet*, carpette?

Je n'aurais pas dû l'appeler Matou, ça m'a échappé.

*Schnoute*, il y a plus de 3,5 milliards d'hommes sur la Terre. Si on enlève les moins de 13 ans et les plus de 16 ans, les homosexuels, ceux qui puent de la bouche, les voleurs compulsifs, les blonds (j'aime pas les blonds) et les maniaques à la tronçonneuse (j'aime pas les maniaques à la tronçonneuse), il en reste, je sais pas, genre quatre ou cinq?

(Avec les gars qui ne portent pas de sous-vêtements sous leur pantalon [ewww], les maniaques à la tronçonneuse sont toujours sous-estimés dans les statistiques.)

Pourquoi faut-il que ce soit Mathieu qui fasse bouillir mes hormones?

Pourquoi?

Il y a un gars dans ma classe, son prénom est Benoît. Il est drôle, joli, généreux et il dessine des coccinelles dans l'agenda et sur les mains des filles.

Mignon, non? Super mignon.

Mais il me laisse indifférente.

Je ne ressens rien pour lui. Quand son regard croise le mien, mon rythme cardiaque reste stable.

Pourtant, je suis sûre qu'il pourrait faire un super *chum*.

Il ne me tromperait pas, il ferait mes mille volontés et même si je découvrais qu'il aime se promener la nuit dans le voisinage déguisé en coccinelle à la recherche de pucerons pour se nourrir, espèce de superhéros/insecticide naturel, ce ne serait jamais pire que le vol à l'étalage.

Quoique... ☹

Mais il manque à Benoît le quelque chose que Mathieu a, un quelque chose qui existe, mais qui ne se voit pas, ne se sent pas et ne se touche pas.

C'est le «mystère de l'amour», faut croire.

J'aimerais bien qu'il soit moins mystérieux et plus logique.

Je me casserais moins la tête.

(…)

J'ai demandé à Tintin s'il avait trouvé une solution au problème Wolfgang.

Il m'a dit oui : Fred a appelé un mec avec qui il faisait de la lutte et paraîtrait que ça va me faire un *chum* parfait, «mélange de vigueur masculine et de vulnérabilité».

J'ai peur !

Allez, je vais me renseigner sur une récente découverte des scientifiques – la manière de faire pousser une oreille sur un avant-bras – et je reviens.

# Merci, Alexandre

Namxox

> **La revanche de Wolfgang**

Mouahahaha!

Je viens de publier sur *Fesse-de-bouc* une photo de Wolfgang et moi.

Son visage exprime la tendresse et l'amour, le mien, un début d'indigestion (mais je suis la seule à pouvoir le détecter).

Je dois avouer que Tintin a vu juste: le gars qu'il a trouvé est parfait.

Pas trop vieux (16 ans), assez musclé, grand, viril *because* ses favoris descendent jusque sous ses oreilles. Au début, je pensais que c'était pas des favoris, mais plutôt un genre de maladie de peau. En m'approchant, le visage couvert d'un masque à gaz de la Deuxième Guerre mondiale, j'ai constaté qu'il s'agissait bel et bien d'un début de barbe.

Et Alexandre (c'est son prénom) est vraiment gentil. Il m'a même apporté des fleurs!

Timide, également. Ça lui donne un certain charme, surtout lorsque, pour le faire sortir de la garde-robe, je dois l'attirer avec un chemin parsemé de *Smarties*.

Seule ombre au tableau: sa moustache. J'y reviens dans quelques lignes.

Fred, pour l'occasion, a transformé sa chambre en véritable studio de photographie : il a fait de la place sur son lit.

Et il a retiré l'abat-jour de sa lampe de chevet pour créer, selon Tintin, « un utérus de lumière » (si quelqu'un comprend quelque chose à cette dernière expression, qu'il me l'explique en m'écrivant en privé).

Mais bon, faut croire que la lampe de chevet avait subi la Grande opération parce que son ampoule était brûlée.

Et parce que Fred était trop vache pour en trouver une qui fonctionnait (« La cuisine est trop loiiin ! »), il a fallu s'en passer.

Quand je suis entrée dans la chambre, Fred m'a présenté son ami lutteur.

J'ai eu un malaise en raison de la « moustache » d'Alexandre.

– Hum, c'est quoi, au fait, ce qu'il a sous le nez ?

– Une moustache, a dit Fred. Qu'est-ce que tu penses ?

– Je sais, je sais. Mais, euh, c'est pas une vraie, n'est-ce pas ?

– Non, a répliqué Tintin. C'est un accessoire de théâtre improvisé.

J'ai demandé :

– Improvisé ? Dans quel sens ?

– Eh bien, parce qu'on n'en avait pas une industrielle, on en a créée une de toutes pièces. Ça fait réaliste, non ?

– Pas du tout. On dirait que vous avez utilisé les mottons de poils que Pop retire tous les mois du renvoi d'eau de la baignoire en sacrant.

– Ouais, ça, on y a pensé, a rétorqué Fred. Mais Pop a fait le ménage la semaine dernière, il ne restait qu'un cheveu ou deux.

– Qu'est-ce que vous avez utilisé? C'est pas du tout réaliste, mais en même temps, ça a l'air de provenance humaine.

Tintin s'est braqué:

– On ne peut pas te dévoiler tous nos secrets. D'autant plus que ton frère et moi, on se lance dans l'industrie du cinéma.

Je me suis tournée vers mon frère.

– Tu voulais pas, genre, devenir un tueur avec des cartes à jouer?

– Ouais, mais je me suis rendu compte que ça allait prendre trop de temps avant que je puisse maîtriser cet art.

– Et il s'est accidentellement entré un coin de carte dans l'œil, d'ajouter Tintin.

– Ouais. C'est super souffrant. J'ai réalisé que manipuler des cartes à jouer, c'était comme jouer avec une grenade dégoupillée.

Tintin a fait oui de la tête.

– Ou une bombe atomique. Les risques de blessure mortelle sont super élevés. On pourrait avoir des problèmes avec les assurances. Et l'Organisation des Nations Unies.

– Ouais, je refuse que des Casques bleus débarquent ici. Regarde mon œil. C'est super enflé.

Au coin de sa paupière droite, il y a un point rouge de la grosseur d'une pointe d'aiguille. ☺

– Wow. Ça doit être souffrant.

– Ouais, mets-en. Faudra peut-être que je me rende à l'hôpital pour recevoir de la morphine ou un truc du genre.

J'ai fait non de la tête.

– Je crois que c'est plutôt l'amputation qui t'attend. Tu as été sévèrement atteint.

Fred m'a regardée avec horreur.

– Tu penses?

– Pas du tout. T'es tellement délicat. Tu es comme de la dentelle, mais avec pas de sourcils.

– C'est pas de ma faute, je tire sur chacun d'eux tous les matins, mais ça ne les fait pas pousser plus vite.

– De toute façon, le trait de marqueur te va très bien. Ça fait naturel.

Est venu le temps de la séance de photos.

Alexandre s'est assis sur le lit de Fred et je suis allée le rejoindre.

Tintin a levé l'appareil photo.

– OK, embrassez-vous.

– *Wô*, les moteurs, j'ai protesté. Je veux juste une photo avec lui, pas besoin d'aller si loin.

– Juste un petit baiser. Sinon, Mathieu va dire que la photo aurait pu être prise avec n'importe quel inconnu.

J'ai regardé la touffe de poils sous le nez d'Alexandre.

– Sa moustache, elle vient d'un endroit stérile ? C'est sécuritaire, je ne vais pas attraper le scorbut ?

– Bien sûr, a dit Tintin. Tu penses quoi ? Qu'on mettrait en péril la santé publique ?

– Oui !

Même si j'étais aussi enthousiasmée que si je m'apprêtais à faire entrer ma langue dans une prise électrique, je me suis prêtée au jeu.

Ce que je ne ferais pas pour prendre ma revanche de Mathieu !

Alors j'ai posé le bout de mes lèvres sur celles d'Alexandre et je les ai immédiatement retirées parce que c'était gluant.

– Non, non, je veux plus de passion ! Plus de folie ! Plus de fureur !

– Relaxe, Tintin. La dernière fois que tu as joué au directeur photo, mon frère s'est retrouvé dans les corridors de l'école en déshabillé et les pieds collés à des plateaux de cafétéria.

Tintin, d'un ton rêveur :

– Ouais, c'était beau.

Je ne pouvais pas passer à côté de l'occasion de faire la promotion du journal étudiant :

– D'ailleurs, les photos vont paraître dans le prochain *Écho des élèves desperados*. Je vous invite à le télécharger dès mardi après-midi, seize heures.

Personne n'a parlé, sauf Alexandre qui s'est enfin dégêné :

– Je veux lire ça. Tu vas pouvoir m'envoyer le lien ?

– Ne parle pas, a dit Tintin. Ta moustache tombe.

Il disait vrai : la Chose d'Alex s'est retrouvée sur sa bouche, laissant derrière elle une trace gluante comme celle d'un escargot.

– Vous avez pris quoi pour la coller ?

– J'y ai un peu goûté et ça ressemble à un mélange de beurre et de sueur.

– Arrête de parler, Alex !

Sa Chose était maintenant au menton. Encore quelques ouvertures de mandibules et il allait avoir des poils à la poitrine. ☺

– On dirait que c'est vivant, a fait remarquer Fred. Je la regarde et j'ai l'impression qu'elle respire.

J'ai aussi posé ma langue sur mes lèvres et je dois dire que la comparaison d'Alex, sur laquelle je suis restée accrochée, était assez juste.

– Attends, comment on peut arriver à une colle saveur beurre-sueur ?

Alors que Tintin ajustait la Chose, il m'a répondu :

– Je t'ai dit que je ne pouvais pas révéler mes secrets. Le milieu du cinéma est très compétitif et il y a des espions partout. La seule chose que je peux te confirmer est que cette colle naturelle est hypoallergène et qu'elle respecte le pH de la peau sensible d'Alexandre.

À Fred :

– Il me manque des poils. Tu pourrais aller m'en chercher ?

Quelques instants plus tard, c'est comme si les Quatre
chevaliers de l'Apocalypse étaient entrés dans la chambre,
provoquant un cataclysme.

(…)

Fred a besoin de l'ordi et il me reste encore des devoirs
à faire.

Allez, je calcule la sécante hyperbolique d'un angle
hyperbolique spécifié en radians et je reviens.

Publié le 25 janvier à 23 h 05
Humeur : Vacillante

### > Mission accomplie

*Schnoute* de *schnoute*, impossible de dormir, le sommeil ne vient pas !

Je le savais que me lever à deux heures de l'après-midi allait bousiller mon horloge interne.

Demain matin, son ennemi, le réveille-matin, va lui remettre les aiguilles à l'heure en sonnant à six heures.

Ça m'a quand même permis de terminer tous mes devoirs.

Et d'assister au capotage de Mathieu.

Hé, hé, hé...

Sincèrement, avec la réaction qu'il a eue ce soir, il m'aime encore.

Il n'agirait pas comme ça s'il ne ressentait que de l'amitié.

Mais il m'a déçue.

Je ne peux pas retourner avec un gars comme *ça*.

Mon cœur veut, mais ma raison me dit que ce serait con.

Cinq minutes après avoir publié la photo d'Alexandre, dit Wolfgang, et de moi nous embrassant à pleine bouche (bon, pas tant que ça), j'ai reçu un texto de Mathieu : « Je suis affreusement jaloux. »

**Moi**: Je t'avais dit qu'il existait, n'est-ce pas?

**Mathieu**: Cette photo me fait mal.

**Moi**: Pourquoi?

**Mathieu**: Parce que ça me fait mal de te savoir avec quelqu'un d'autre.

**Moi**: Tiens, tiens. Tu sais maintenant comment je me sens.

**Mathieu**: Comment tu te SENS? Tu parles au présent, donc tu m'aimes encore.;)

**Moi**: Très drôle. Comment je ME SUIS SENTIE. Alexandre est l'homme de ma vie.

**Mathieu**: Alexandre? C'est qui?

**Zuuut! Je mens mal!** 😣

**Moi**: Ha! Ha! C'est le surnom de Wolfie.

**Mathieu**: Hum, *weird*. Tu viens de l'appeler Wolfie. Ça, ça ressemble plus à un surnom qu'Alexandre, non?

**Moi**: Wolfie, c'est le surnom d'Alexandre qui est le surnom de Wolfgang.

**Mathieu**: T'es bizarre.

**Moi**: Je le prends comme un compliment.

**Mathieu**: J'ai une suggestion à te faire.

**Moi**: Laquelle?

**Mathieu**: Et si on devenait amant et maîtresse?

**Moi**: J'ai 14 ans, pas 45!

**Mathieu**: Vraiment? T'es tellement ridée.

**Moi**: Pourtant, au lieu du lait, je mets du Botox dans mes céréales le matin.

**Mathieu**: Sans blague, ça pourrait être *cool*.

**Moi**: Manger du Botox le matin?

**Mathieu**: Non, que tu sois ma maîtresse. Et moi, ton amant.

**Moi**: Euh, non. J'aime Wolfie.

**Mathieu**: On ne parle pas d'amour. On parle d'aventure!

**Moi**: Des aventures, j'en vis tous les jours quand je prends ma douche après avoir entendu mon frère se moucher dedans.

**Mathieu**: Eurk. On pourrait avoir une relation en secret. Se cacher pour se voir. Ça pourrait être excitant.

**Moi**: Non.

**Mathieu**: Allez.

**Moi**: T'as une blonde, j'ai un *chum*.

**Mathieu**: Je sais que ça te tente.

**Moi**: Ça me tente de mettre fin à cette conversation. *Bye*.

J'ai éteint mon téléphone.

Je suis insultée! 😡

Je suis quoi, moi? Un torchon?

Dans le fond, ce qu'il veut, c'est sortir avec moi, mais en cachette! Parce qu'il tient à rester avec Valentine.

Et puis, même si je la déteste, cette fille, je sais ce que c'est que d'être trompée. Je ne serais pas capable. Je me sentirais trop mal.

Tant pis pour Mathieu s'il souffre parce que j'ai un *chum*.

Il n'avait qu'à pas me laisser.

(…)

Je voulais écrire ce qui s'est passé de TERRIBLE cet après-midi avec Fred, Tintin et Alexandre, mais Mom m'a fait des gros yeux parce qu'il est temps d'aller dormir.

Allez, je vais inscrire Youki à des cours de surf canin et je reviens.

Le jus magique qu'elle consomme
ne donne pas beaucoup
d'effets secondaires

### > Évidemment, je n'arrive pas à dormir

Je suis présentement dans ma garde-robe.

C'est le seul endroit où je peux écrire sans que Mom m'entende.

Parce que lorsque j'écris, je ne tape pas sur les touches de mon clavier : je les défonce. Tout le monde dans le quartier sait que j'écris.

Des fois, je crois même que ça provoque des tsunamis dans l'océan Indien. Mais ça ne fait pas de victimes, juste des super grosses vagues qui déclenchent des alertes à 300 kilomètres à la ronde.

Je ne suis pas une meurtrière, je suis une écrivaine !

Je me suis créé un espèce d'abri qui ne me protège de rien vu que je l'ai construit avec mes vieux habits d'Halloween qui traînent dans le fond de ma garde-robe – je peux pas croire que Mom m'a déjà déguisée en moufette.

J'avais quatre ou cinq ans, je ne pouvais même pas me défendre contre cette atteinte à mon image ! C'est immonde.

Cela dit, je crois que mon igloo d'habits, même s'il est inesthétique, pour ne pas dire carrément laid, étouffe tous les sévices que je fais subir à mon clavier.

Ouf, je suis tellement rebelle : je me cache pour écrire !
Comment Mom peut-elle être fâchée si elle me surprend ?

Le problème est que j'écrirais 25 heures par jour si je le pouvais.

Pour ça, faudrait que je sois en avion et que je change de fuseau horaire pour gagner du temps...

Trop compliqué et polluant.

À moins que j'utilise une bicyclette ? Comment je pourrais faire pour écrire et conduire en même temps ? Faudrait que je me fasse aller les jambes vite en ta... sur le pédalier pour gagner du temps en changeant de fuseau horaire.☹

Sans compter que je me retrouverais avec des fesses, des cuisses et des mollets gros comme ceux d'une culturiste.

Beurk.

Mis à part pouvoir craquer des noix entre mes deux fesses pour impressionner les écureuils, à quoi ça pourrait bien servir ?

Qui pourrait être intéressé à voir mes deltoïdes, ischio-jambiers, biceps et trapèzes surdimensionnés ?

Je refuse d'avoir des muscles abdominaux plus gros que mes seins !

Sans compter que pour faire de la compétition, faut avoir passé des heures dans un grille-pain géant, se vaporiser le corps d'huile à moteur, se blanchir les dents, porter un bikini minimaliste, du rouge à lèvres rose et, plus dur que tout ça, sourire continuellement.

Ça, c'est dur!

Et quel gars veut d'une fille qui n'a pas besoin d'aide pour ouvrir les pots de sauce à spaghetti?

Quel gars veut d'une fille qui a fait inscrire sur sa carte professionnelle: «Namasté, une montagne de muscles qui arrive à faire hurler de panique les miroirs»?

Quel gars veut d'une fille qui, dans une forêt, effraie les ours et fait fuir les randonneurs pourtant munis de pulvérisateurs de poivre de Cayenne?

Qui veut d'une femme qu'on doit atteindre d'une fléchette tranquillisante pour la faire descendre d'un arbre?

Certaines de ces femmes, pour parvenir au niveau professionnel, consomment des stéroïdes, lesquels ont de joyeux effets secondaires sur la voix, la pilosité (apparition ou disparition de poils à des endroits précis), acné, règles irrégulières et fuite des enfants et des personnes âgées à leur approche.

Ça donne le goût! 🤮

Que le grand cric me croque, pourquoi est-ce que je parle de ça?

Il est une heure et quart du matin, je suis cachée dans ma garde-robe, je me lève dans moins de cinq heures et je parle des joies du culturisme!

Quel ado vit la même chose que moi? Qui?

C'est à ce moment précis (TADAM!) que je me rends compte que je suis la seule personne de mon genre dans l'Univers.

(...)

Parlant de testostérone et de poils, je vais terminer mon histoire (ignoble!) de cet après-midi.

Donc, Alexandre, gentil comme tout, accepte de me servir de «Wolfgang» pour rendre Mathieu fou de jalousie.

Tintin, maintenant professionnel de la fausse moustache, lui recolle la Chose sous le nez.

Chose qui a désormais sa propre vie et s'est ouvert un kiosque de beignes faits maison dans un marché aux puces.

Avant d'entamer la deuxième partie de la séance photos, Tintin a demandé à Fred de lui fournir plus de poils.

C'est à ce moment que j'assiste à une scène qui va revenir me hanter le jour de ma mort.

Si je deviens une âme torturée incapable d'atteindre la Lumière, coincée entre le monde des morts et celui des vivants, ce sera de la faute de Fred.

Mon grand frère obtempère à la demande de Tintin de lui fournir d'autres poils.

Je ne me suis pas trop demandé d'où provenaient les poils.

J'aurais peut-être dû.

Si les poils ont l'air si réels, c'est parce qu'ils le sont!

Fred a pris des ciseaux sur son bureau puis, sans gêne, a retiré son t-shirt, a levé le bras et, tout en chantonnant *À la claire fontaine*, s'est mis à se couper des poils d'aisselle.

*Ouatedephoque!*

Et Tintin de recueillir les offrandes de son ami dans un bol (MON bol, celui que j'utilise pour manger MES céréales le matin) comme s'il s'agissait de pépites d'or.

Il a regardé les poils flotter dans le bol en murmurant : « Oui, oui, encore plus, j'en veux plus. »

Le super processeur fonctionnant au charbon que j'ai dans le cerveau prend conscience que c'est comme si j'avais embrassé les aisselles de mon frère.

Zoukini à la puissance mille !

À part être enterrée vivante, me faire dévorer par un anaconda et suivre des cours de maths qui durent huit heures, poser mes lèvres sur le dessous de bras de Fred est mon pire cauchemar. ☹

Je bondis hors du lit.

– Un instant, qu'est-ce qui se passe ? Est-ce que vous avez collé ça sur le visage d'Alexandre ?

Ça n'impressionne pas Fred ni Tintin qui continuent leur besogne avec autant d'entrain et de bonne humeur.

Je regarde le cobaye.

– Tu savais d'où les poils provenaient ?

– Non.

– Ça ne t'écœure pas ?

– Non.

– Vraiment ?

– J'aime l'odeur.

– L'odeur des poils de dessous de bras de mon frère ?

- Ouais. En sortant d'ici, je vais m'acheter le même déodorant, «Fruit des champs et grange abandonnée».

J'ai régurgité un peu dans ma bouche.

- Ça m'écœure!

Je me suis précipitée aux toilettes et, avec la brosse à récurer la cuvette, j'ai frotté mes lèvres exagérément.

Quoi, la brosse est pleine de bactéries et c'est hautement dégoûtant?

Moins que les poils d'aisselles de mon frère!

Une fois rassurée sur le degré de contamination, je suis retournée dans la chambre.

Tintin collait affectueusement les fruits de sa récolte sous le nez d'Alexandre, donnant à chaque poil un nom doux comme Mimosa, Paprika et Luzerne.

J'ai mis fin à cette immonde manifestation de décadence qui frappe de plein fouet les jeunes d'aujourd'hui. ☺

- OK, on arrête! *Stop! Haltu! Rete! Stai! Goo-ro nâng!*

- Wow, *goo-ro nâng*, a fait Alexandre, j'ignorais que tu parlais tibétain.

- Ouais. J'étais un moine dans une vie antérieure. Je me suis fait brûler vive afin de manifester contre les autorités chinoises.

- Oh! T'es une fille de principe. Beau rouge à lèvres, soit dit en passant.

- C'est pas du rouge à lèvres, c'est le sang qui a jailli quand j'ai récuré mes lèvres pour être sûre de ne pas contracter la peste.

– Hum... La peste est transmise par des puces infectées. Tu crois que l'aisselle de ton frère en contient?

Cet Alexandre est cultivé, me suis-je dit.

– Certainement, je réplique. On abandonne la moustache. Je ne me déteste pas assez pour me forcer à embrasser les aisselles de mon frère.

Tintin ne s'est pas fait prier pour manifester son désaccord.

– Quoi? On ne peut pas faire ça, c'est une œuvre d'art! Et Fred a sacrifié des milliers de poils. Ce serait un gaspillage éhonté d'une ressource naturelle propre.

– Propre! Laisse-moi rire. Il a fallu appeler un exterminateur la première fois que Fred a découvert qu'il avait des poils aux aisselles. Les rats se mettaient en ligne pour entrer dans les trappes qu'on avait installées sous ses bras.

– Ouais, a dit Fred. C'est tellement vrai.

Finalement, les photos ont été prises.

J'ai embrassé Alexandre après l'avoir forcé à passer ses lèvres au lance-flammes.

Et je dois dire qu'il embrasse plutôt bien... 😊

Hé, hé...

Je dois vraiment aller me coucher.

Allez, je tente de placer l'interrupteur de la lumière de ma chambre en équilibre entre le ON et le OFF et je reviens.

À quand les poursuites intentées aux fabricants de cigarettes par les chimpanzés ?

Publié le 26 janvier à 16 h 02
Humeur : Béate

### > Demain, c'est le jour J

Je viens de recevoir par courriel le premier vrai numéro de l'*Écho des élèves desperados*.

Zoukini!

Et je suis tellement heureuse!

En arrivant à la maison, j'étais sur le point de mourir de sommeil.

La fin de la journée a été super pénible. Pendant le premier cours d'après-midi, je me suis endormie sur mon agenda.

Faut dire que le cours était tellement plate que même le prof a cogné des clous. Et son ordinateur se mettait constamment en mode veille, lui aussi ennuyé.

Si le soleil avait été dans la classe, il se serait éteint.

Qui est la reine de l'exagération, hein? Qui c'est?

C'est mouâââ!

Le lien menant vers le journal sera transmis cette nuit à l'adresse courriel de tous les élèves avec ce message:

*Oyez, oyez!*

*La nouvelle édition de ton journal étudiant préféré, l'*Écho des élèves desperados, *vient d'arriver.*

*Tu trouveras dans ce numéro:*

• *Des photos de deux élèves en petite tenue dans l'école!*

• *Une nouvelle méthode pour punir les élèves!*

• *Une caricature qui te fera exploser le cerveau!*

• *Le nouveau menu révolutionnaire de la cafétéria!*

• *Une bande dessinée incroyable!*

*Tu ne trouveras PAS dans ce numéro:*

• *Des chats!*

*Télécharge-le maintenant!*

J'ai peur de recevoir une plainte de l'Association des points d'exclamation pour exagération!

(...)

Pendant l'heure du dîner, Lara était assise derrière une table à la cafétéria où elle vendait ses romans.

Il y avait quand même pas mal de monde, même qu'il y a eu une file d'une dizaine d'élèves à un moment donné.

Aussi des caméras de télévision.

Un journaliste a interrogé des élèves à son sujet, leur demandant ce qu'ils pensaient de son «exploit».

J'ai pensé me faufiler derrière les interviewés et faire des signes à la caméra pour indiquer que c'était de la triche ou exhiber une pancarte «Ses jours sont comptés», mais je me suis ravisée parce que c'est pas super chic.

Quand Lara m'a regardée, je lui ai envoyé la main, mais elle a fait semblant de ne pas me voir.

C'est quoi son problème?

Est-ce ma faute si elle s'enfonce de plus en plus dans son tas de mensonges?

Combien de temps lui faudra-t-il pour admettre que la seule solution intelligente est de dire la vérité?

C'est une question de temps avant que son château de sable ne s'écroule.

On dirait qu'elle est fâchée contre moi parce que je lui ai enfoncé le nez dans la réalité.

C'est poche.

(…)

Grand-Papi sort de l'hôpital ce soir.

Yé!

Paraît que personne ne peut plus le supporter là-bas.

Même les morts s'enfuient de la morgue.

Mom m'a dit qu'il est allé dans les cuisines pour se plaindre de la mauvaise qualité de la nourriture.

Plus il vieillit, plus il est grognon.

Pas grave, je l'aime comme ça.

On lui a prescrit des antibiotiques et il doit ABSO-LUMENT/IMPÉRATIVEMENT/OBLIGATOIREMENT cesser de fumer.

Il a dit à son médecin qu'il allait le faire, mais Mom croit que c'était juste pour se débarrasser de lui.

Je pense que je vais mettre des pétards à mèche dans ses cigarettes.

Chaque fois qu'il va essayer de s'en allumer une, POW, une explosion.

Comme le chien de Pavlov qui salivait chaque fois qu'il entendait le bruit d'une clochette parce que ça signifiait qu'il allait être nourri. Grand-Papi va faire le lien à un moment donné, non ?

Si les pétards à mèche ne fonctionnent pas, je vais utiliser de la dynamite.

Et je vais remplacer l'eau dans les tuyaux de la salle de bains du sous-sol, là où il habite, par de l'essence.

Une étincelle et, PATOW, il se transforme en torche vivante.

Ça lui apprendra à polluer son corps.

Mais nooon... Je ne lui ferais jamais ça, voyons !

De toute façon, Mom m'a dit que c'est inutile parce qu'il n'y a qu'une seule personne au monde qui peut le persuader d'écraser pour de bon : lui-même.

Que j'essaie de le tuer avec des projets de psychopathe ne changera rien.

Allez, je vais apprendre comment séduire un homme avec son chien saucisse et je reviens.

\* \* \* \* \* \* \* \* \* \* \* \* \* \* \* \* \* \* \* \* \* \* \* \* \* \*

## LE TABAGISME VOUS TUE?

Vous désirez cesser de fumer mais, malgré les
patchs, les antidépresseurs et les électrochocs,
vous n'y parvenez pas? Essayez la Smoke'n'Insult
3000, la seule cigarette électronique qui s'attaque
à votre estime personnelle. Après quelques réglages,
chaque fois que vous l'inhalez, elle vous abreuve
d'insultes en se moquant de la forme effrayante
de votre nez ou de la grosseur de vos fesses tout
en vous demandant lequel de vos deux parents était
un chimpanzé. Vous allez l'écraser, c'est garanti!

www.peutentrainerladepression.com

\* \* \* \* \* \* \* \* \* \* \* \* \* \* \* \* \* \* \* \* \* \* \* \* \*

Publié le 26 janvier à 19 h 53
Humeur : Inquiète

### > *Shiiite!*

Grand-Papi est de retour ; il nous a même rapporté des cadeaux !

Mon aïeul est tellement attentionné que juste d'y penser, j'ai la larme à l'œil.

De son périple à l'hôpital, il nous a rapporté des petits plats de Jell-O. À la fraise.

Genre pour les enfants.

Il les avait cachés sous son oreiller parce qu'une méchante infirmière lui interdisait d'accumuler de la nourriture.

Méchante infirmière qui, selon ses dires, lui plantait une seringue dans une fesse dès qu'il n'était pas gentil avec elle.

– Voyons, papa, lui a dit Mom, c'étaient des calmants contre la douleur.

– Non, c'était de l'acide à batterie. J'ai eu mal à la fesse pendant cinq minutes après.

– Elle voulait peut-être juste te toucher les fesses ? j'ai dit.

Grand-Papi et Mom m'ont regardée, ne sachant pas comment gérer le malaise que je venais de créer.

– Parce que, euh, t'as la peau douce. Comme celle d'un bébé. J'imagine. Être infirmière, je serais tentée...

À voir l'indisposition de mes interlocuteurs, j'ai pris conscience que ma dernière intervention n'avait en rien dissipé le malaise.

– Je, euh, merci pour le Jell-O.

Je me suis sauvée dans ma chambre.

(...)

Mom ne se sent pas bien.

Elle craint d'avoir attrapé un virus en allant voir Grand-Papi à l'hôpital.

Même si elle a porté un masque et s'est aspergé les mains d'alcool, il se peut que quelqu'un ait trimbalé une créature microscopique dans la maison.

C'est inquiétant parce que son système immunitaire, affaibli par ses cancers, ne peut rien combattre.

Voilà pourquoi certains cancéreux meurent à cause d'un rhume qui s'est transformé en bronchite, laquelle s'est terminée en pneumonie mortelle.

C'est fou comme Mom est proche de son corps.

Dès qu'elle ressent un petit malaise, elle réagit.

Cinq jours après nous avoir conçus, elle savait qu'elle était enceinte, même si aucun test ne pouvait encore le prouver.

Cette hypersensibilité lui a joué des tours, comme lorsqu'elle pensait accoucher de mon frère alors qu'elle avait simplement des reflux gastriques.

Elle n'est pas comme Grand-Papi qui doit être à l'article de la mort pour accepter de se faire examiner par un médecin.

Ou Fred qui ne sait pas pourquoi il boite alors qu'il traîne derrière lui son pied ensanglanté, rattaché uniquement à sa jambe par un nerf.

Pour ma part, je suis vraiment *trop* proche de mon corps.

Dès que j'ai un étourdissement ou que je tousse, je pense tout de suite qu'une reine abeille a pondu dans mon cerveau et qu'elle a donné naissance à des centaines de rejetons qui se nourrissent de mes neurones, lesquels me permettent de me remémorer les trois numéros de mon cadenas.

C'est chien parce que je ne pourrai plus ouvrir mon casier.

Et le temps que le concierge arrive avec sa grosse pince pour couper mon cadenas, mes vêtements tout humides d'éducation physique et mon lunch vont avoir fusionné pour créer le premier sandwich habillé de la planète.

Quand je pourrai enfin ouvrir mon casier, le sandwich habillé va me tendre ses bras faits de jambon cuit et dire : « Maman ! »

Puis, très excité à l'idée de retrouver sa mère, il va éjecter du fromage par le nez.

C'est épeurant !

(Mais qu'est-ce que je raconte ?)

De retour à ma maman d'amour.

Parce qu'elle combat des cancers (on sait qui va gagner, snif, snif!), elle ne doit courir aucun risque; si elle se sent un peu mal, elle doit immédiatement se rendre à l'hôpital pour recevoir un cocktail d'antibiotiques.

Elle est allée faire une sieste. Si en se réveillant elle ne se sent pas mieux, faudra qu'elle s'y rende. ☹

Fait suer.

Des fois, je passe plusieurs heures sans penser à sa maladie.

Et quand je me rappelle qu'il ne lui reste que quelques mois à vivre, ça me donne un choc.

C'est juste inimaginable.

Allez, afin de respecter une tradition japonaise, je vais nager dans un lac en habit de samouraï et je reviens.

Publié le 26 janvier à 22 h 58
Humeur : Émotionnée

### > À très bientôt ?

Mom est à l'hôpital.

J'étais dans mon lit. Elle est venue m'embrasser et me dire qu'elle allait bientôt être de retour.

J'ai peur qu'elle ne revienne pas.

Genre que les médecins n'arrivent pas à venir à bout de son virus.

Et qu'elle en décède.

Depuis quelque temps, avant de m'endormir, je pense à ce qui va se passer.

Je sais qu'elle va mourir un jour. Je sais qu'elle va arrêter de respirer et que son cœur va cesser de battre.

Ce que j'ignore, et c'est ce qui m'angoisse le plus, c'est *comment* cela va se passer. C'est pas comme Zac qui n'a pas souffert parce qu'il est mort sur le coup.

Ou les gens qui meurent d'une crise cardiaque.

Il n'y a pas eu d'agonie.

Le cancer, c'est cruel. J'ai lu des témoignages de proches qui ont vécu la même chose que moi. Je pense que je n'aurais pas dû.

Mom ne va pas s'endormir un soir et ne pas se réveiller le lendemain. Lentement, on va la voir dépérir.

Ces temps-ci, elle est toujours épuisée. Dans quelque temps, elle aura de la difficulté à se lever de son lit. Elle aura besoin d'aide. Puis elle n'aura plus du tout d'appétit. Déjà qu'elle mange très peu... Il lui faudra se déplacer en fauteuil roulant, peut-être. Ou en marchette.

Si les métastases se rendent à son cerveau, elle ne nous reconnaîtra plus et aura des hallucinations.

Pendant tout ce temps, elle souffrira le martyre.

Faudra lui administrer des doses massives de morphine, ce qui la rendra agressive.

Après, elle sera confinée à son lit. On lui mettra une couche parce qu'elle ne pourra plus se rendre aux toilettes.

Elle sera semi-consciente et aura de plus en plus de mal à respirer. Les battements de son cœur seront irréguliers et il faudra attendre qu'elle soit littéralement tuée par ses cancers.

C'est *freakant*. ☹

Je ne peux pas assister à ça. Je ne veux pas.

Le génie humain est parvenu à envoyer un robot sur Mars, on a même pu voir des images de sa surface, mais il ne peut pas guérir ma mère.

Pourquoi je dois subir ça?

Je ne veux pas la voir se transformer en squelette ambulant et perdre la tête.

Je veux garder l'image de la vraie Mom : belle et dynamique.

J'ai tellement peur de ce qui va arriver.

Je veux me sauver. Me retrouver ailleurs pour les mois à venir.

Mais je ne peux pas.

Parce que ce serait lâche de m'enfuir.

Mom a besoin de soutien, pas de peureux qui pleurent dès qu'ils en ont l'occasion.

Tantôt, j'ai failli m'effondrer devant elle quand elle est venue me dire qu'elle partait pour l'hôpital.

J'ai vraiment tout fait pour ne pas pleurer. J'ai réussi, mais c'était vraiment dur.

J'aurais voulu qu'elle me prenne dans ses bras et qu'elle me chuchote qu'elle va revenir guérie. C'est con parce que c'est moi qui aurais dû la consoler.

Je suis maintenant trop vieille pour me nourrir de ces mensonges, genre «ne t'en fais pas, tout va bien aller».

Parce que RIEN NE VA BIEN ALLER.

Il n'y aura pas de miracle. Bien sûr que j'y ai cru au début.

Mais plus maintenant.

Il n'y a aucune chance qu'elle s'en sorte. Aucune. Zéro.

Ce qui m'amène à ses funérailles.

Je pense à Mom dans son cercueil et ça m'angoisse à l'os.

De quoi elle aura l'air? Comment je vais réagir?

C'est l'enveloppe corporelle de ma mère, pas vraiment elle.

Où son âme ira-t-elle?

Là où elle sera, est-ce qu'elle pourra me voir?

Est-ce qu'elle sera fière de moi quand je ferai des bons coups et déçue quand je vais gaffer?

Y a-t-il une vie après la mort?

La première question qu'on devrait se poser est plutôt: «Y a-t-il une vie avant la vie?»

Si la réponse est non, pourquoi il y en aurait une après la mort?

Ça veut dire que je ne la reverrai plus jamais?

Et que la vie n'a aucun but, aucun sens?

Depuis l'an 1 de notre ère, il y aurait eu 40 milliards (40 000 000 000) de naissances. Si on considère qu'on est présentement 7 milliards sur Terre, ça signifie que depuis un peu plus de 2 010 ans, il y a eu plus ou moins 36 milliards de morts.

Ma mère va mourir comme ces milliards de personnes et... ce sera tout.

Et dans, je ne sais pas, 80 ans d'ici, quand je mourrai et que mon frère ne sera plus de ce monde, Mom aura disparu à tout jamais parce que plus personne n'aura de souvenir d'elle.

Je ne veux pas qu'elle meure.

JE NE VEUX PAS, BON!

Publié le 27 janvier à 9 h 43
Humeur : Mortifiée

### > Traumatisée

À cette heure, je suis censée être à l'école.

Mais un incident m'a fait passer une partie de la nuit debout.

Ça m'a pris plusieurs minutes hier soir pour m'endormir (deux heures, en fait).

À trois heures et demie, j'ai entendu la porte d'entrée claquer. Puis une chose est tombée sur le plancher et a fait trembler la maison au complet.

C'est à ce moment que Youki a commencé à japper comme un désaxé.

Je me suis dit : « Il y a un intrus dans la maison. »

Ma réaction courageuse a été de plonger la tête sous les couvertures.

Une situation du genre n'est jamais survenue, mais habituellement, c'est le rôle de Pop de se réveiller et d'aller voir ce qui se passe.

Il est vigilant. Dès que Youki grogne ou qu'il y a un bruit suspect, il va voir ce qui se passe.

Sauf que la nuit dernière, Youki continuait à japper.

Et Pop ne s'est pas levé.

Quelques instants plus tard, on a cogné à ma porte.

C'était Grand-Papi :

– Namasté, viens m'aider.

– Qu'est-ce qui se passe?

– Ton père, il a dit.

– Quoi, mon père?

– Viens. Tu vas voir.

Je me suis rendue dans la cuisine.

Quand j'ai vu ce qui se passait, je n'ai pas pu m'empê-cher de pleurer. 😞

Pop était allongé sur le plancher, sur le ventre.

Les yeux fermés, la bouche molle.

Sur son front, une prune mauve de la grosseur d'une pièce de un dollar.

J'ai essuyé mes larmes, je me suis penchée et j'ai tapoté son épaule:

– Papa? Papa?

– Ça ne sert à rien, il est complètement K.-O., m'a dit Grand-Papi. C'est un chauffeur de taxi qui l'a aidé à entrer dans la maison.

Je suis allée chercher une débarbouillette, l'ai imbibée d'eau pour l'appliquer sur sa blessure.

– Qu'est-ce qui s'est passé?

– Il s'est cogné sur le bord d'un meuble en tombant. Faudrait le transporter dans son lit. Je vais aller chercher les gars.

Pendant que Grand-Papi essayait de réveiller Fred, j'ai retiré les chaussures de Pop tout en lui parlant. Même si je savais qu'il ne m'entendait pas, ça m'a fait du bien.

– Pourquoi tu fais ça ? Qu'est-ce que ça te donne ?

– Pourquoi tu pleures ? m'a demandé Fred en se pointant, les yeux barbouillés de sommeil. Yé pas mort, juste saoul.

Grand-Papi m'a prise dans ses bras.

– Tu sais que c'est normal d'avoir des émotions, non ?

– Ouais, je sais. Faut juste lui laisser le temps de dégriser.

Mais ce qui se passe avec mon père m'inquiète au plus haut point.

Mom m'a parlé du problème d'alcool qu'il avait quand ils se sont connus, problème qu'ils ont résolu ensemble.

Problème qui est visiblement revenu. Au début, c'était une bière ici et là. Quand Mom lui faisait de gros yeux, il lui disait qu'il pouvait se contrôler, qu'il en était capable parce qu'il a été sobre pendant presque vingt ans.

Un jour que j'ai fait le ménage, j'ai trouvé beaucoup de bouteilles d'alcool vides dans un sac. J'ai pensé que c'était mon frère.

Mais, pendant nos vacances, Pop a bu plusieurs bières, puis de l'alcool plus fort. Il a bu tous les jours ; il a même invité Fred à boire avec lui.

Quelques jours après notre retour de vacances, j'ai surpris une conversation entre mes parents. Mom reprochait à Pop d'avoir recommencé à boire. Pop lui a assuré que c'était temporaire et qu'il allait bientôt arrêter.

Sauf que depuis, quand on se retrouve au souper, il est différent. Il est plus bavard qu'à l'habitude, il rit plus souvent, il est plus décontracté.

Et il mâche constamment de la gomme. Parce qu'il boit en cachette.

Je suis fâchée contre lui. 😣

La maladie de Mom, est-ce que ce n'était pas assez pour perturber la famille? Pourquoi faut-il en plus qu'on vive avec un alcoolique en rechute?

J'ai pleuré quand je l'ai vu inconscient parce que j'ai senti que derrière l'homme toujours droit, qui a réponse à tout et que rien n'énerve, se cache un être humain fragile.

J'ai compris que Pop était faible. Pourtant, il n'a pas le droit de l'être. Pas maintenant!

J'ai besoin qu'il soit fort. J'ai besoin qu'il me montre qu'il est là pour moi. Que je peux lui faire confiance.

– On va le laisser dormir là, a dit Fred.

– Franchement, j'ai rétorqué. C'est pas un animal.

– On va le mettre au lit, a tranché Grand-Papi. Je ne peux pas vous aider, j'ai encore trop mal aux poumons.

– Mais non, on le laisse là, il est en sécurité. Au moins, il ne peut plus tomber.

J'ai fait non de la tête.

– C'est pathétique. Grand-papa a raison.

En se traînant les pieds, Tintin s'est approché.

– Qu'est-ce qui se passe?

Il semblait plus irrité par le fait d'avoir été réveillé en pleine nuit que par celui que notre père soit ivre mort.

– Tu vois pas? Faut que tu m'aides à le porter dans son lit.

Tintin a pris un bras, Fred a pris l'autre.

Ils n'avaient pas fait un mètre avec leur cargaison que la tête de Pop a heurté un coin de mur.

– Les gars, attention!

– Ben là, a dit Fred, c'est pas si grave. Il se rend compte de rien. C'était à lui de pas déconner.

Tintin a alors eu la plus mauvaise idée depuis celle du mec qui s'est lancé d'un immeuble de trente étages avec pour seul parachute un sac d'épicerie.

– On pourrait le maquiller et lui écrire des vulgarités partout sur le corps? Et lui faire entrer des tampons dans le nez? On prend des photos et on les publie sur nos murs. Ça pourrait lui donner une leçon et être drôle en même temps.

– Ouais, j'ai résumé, joindre l'utile à l'agréable.

– Exactement. On le fait?

– Non! J'étais sarcastique. C'est notre père, pas notre meilleur ami.

– Me semblait, aussi, que t'étais plus mature que ça.

Mis à part deux autres «accidents» (la chemise de Pop a déchiré sous ses bras et Youki s'est mis à lui mordre la cheville parce qu'il pensait qu'on jouait – genre il a considéré mon père comme un de ces jouets en caoutchouc qui fait «fouiiiiiiiiiiii!» quand on le presse), Fred et Tintin ont réussi à le traîner jusqu'à sa chambre.

Ils n'ont pas, bien entendu, cessé de se plaindre qu'il était trop lourd.

Pop n'est pas léger. Il n'est pas obèse et ce n'est pas un géant, mais il est quand même bien en chair. Il doit bien peser 90 kilos.

– Pourquoi on ne met pas de la vaseline sur le tapis? a demandé Fred. Il glisserait pas mal plus facilement.

Personne n'a répondu; Fred a interprété notre silence comme un pouce en l'air. 😐

– Attendez-moi un instant, je vais aller la chercher, elle est dans ma chambre.

J'ai ajouté mon grain de sel.

– Euh, Fred? Primo, l'affaire du tapis, c'est une mauvaise idée et secundo, qu'est-ce que le pot de vaseline fait dans ta chambre?

– Eh bien, euh...

– Laisse faire, je ne veux pas le savoir.

– C'est pas *weird*. C'est pour mon nez. Je trouve que l'air est trop sec, alors je graisse l'intérieur de mes narines.

– Euh, Fred? Désolé de te décevoir, mais c'est *weird*.

C'est une drôle de comparaison, mais dans les films, il me semble que lorsqu'un personnage transporte un corps, ça a l'air pas mal plus facile qu'en réalité.

Les gars ont forcé comme des bœufs!

Le faire glisser sur le plancher a été une tâche relativement aisée en comparaison de l'exploit titanesque qui les attendait : le faire grimper sur son lit.

C'est mou, un homme saoul.

Ils ont dû l'échapper quatre ou cinq fois.

Les gars tiraient tellement fort sur les bras de Pop que j'ai eu peur qu'ils se détachent, comme la queue d'un lézard.

Je me demande si les membres d'un être humain peuvent repousser...

– Arrêtez, j'ai dit. Il va se retrouver avec des mains qui vont traîner sur le sol quand il va marcher.

– Ça pourrait être pratique à l'épicerie pour aller chercher les trucs qui sont sur l'étagère du haut, a fait remarquer que Tintin, le visage couvert de sueur. Attendez... Je viens d'avoir une idée.

– La vaseline ? a demandé Fred.

J'en ai déduit que Fred voulait recouvrir les draps des parents de gelée de pétrole. ☹

– C'est quoi, cette obsession ? Ça ne sert à rien, de la vaseline ! À moins que tu fasses de l'érythème fessier.

– *Quessé* ça ?

– C'est une irritation sur les fesses. Les bébés en font. Quand ils gardent leur couche pleine de pipi ou de caca trop longtemps.

– Eurk.

– Attendez, a dit Tintin. Je pense que je sais comment faire pour le mettre dans son lit. Un mot...

Fred n'a pas laissé Tintin terminer.

– Je sais : auto !

J'ai effectué un lien étrange :

– Auto ? Comme dans autodafé ?

– Autocafé ?

– Non, autodafé. C'est le supplice par le feu au Moyen-Âge. On brûlait les sorcières, mais aussi les livres.

– Tu penses que brûler une sorcière pourrait nous aider ? On trouve ça où, une sorcière ?

– Et à cette heure elles dorment, non ? a renchéri Tintin. Ce serait polisson de les réveiller.

– Les gars, vous me découragez. Laissez faire, OK ? C'est quoi ton idée avec l'auto, Fred ?

– Ton idée de sorcière était tellement bonne, la mienne est nulle en comparaison.

– Fred, aucune sorcière ne sera passée au bûcher cette nuit, d'accord ? Il n'en est juste pas question. C'est quoi ce truc d'auto ?

– Eh bien, on attache les chevilles de papa à une corde qu'on passe par la fenêtre de sa chambre et qu'on attache à une automobile. On la fait avancer tout doucement jusqu'à ce que papa soit sur le lit.

J'ai regardé Fred quelques instants afin de m'assurer qu'il blaguait.

Finalement, il ne blaguait pas. 😮

- Bon, je pense qu'immoler une sorcière n'était pas une si mauvaise idée, après tout. Suffit d'en trouver une.

En fin de compte, les gars ont réussi à coucher mon père sur son matelas sans sacrifier une maîtresse du Diable.

Ce qui est une bonne chose compte tenu des circonstances.

(…)

Il est presque onze heures et demie, je dois partir pour l'école.

Pop n'est pas encore levé.

Je suis allée voir dans sa chambre cinq ou six fois pour m'assurer qu'il n'était pas mort.

Mom a appelé; elle est sous antibiotiques et restera au moins une semaine à l'hôpital.

Quand elle a voulu parler à Pop, je lui ai dit qu'il était couché parce qu'il ne se sentait pas bien.

- Rien de grave? m'a demandé Mom, inquiète.

- Non, non. Tant qu'il ronfle, je me dis que tout est sous contrôle.

Ça a fait rire Mom.

Je ne lui ai pas raconté ce qui s'était passé parce qu'elle n'a pas besoin d'autres soucis.

C'est nul, ce qui s'est passé. Et je compte bien en parler à Pop.

Allez, je m'en vais faire des pompes d'une main et tenter de résoudre le cube Rubik de l'autre et je reviens.

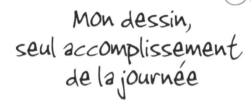

# Mon dessin, seul accomplissement de la journée

Namxox

Publié le 27 janvier à 16 h 02
Humeur : Impatiente

### > Visé, touché!

Petite journée à l'école : deux cours, dont un en éducation physique.

Parce que j'avais oublié mes vêtements, la prof m'a donné le rôle d'arbitre.

Je ne sais toujours pas à quel sport on a joué, mais j'ai aimé me servir du sifflet à n'importe quel moment pour donner des punitions non méritées aux gars crétins de ma classe.

C'était beaucoup trop de pouvoir pour moi.

Vingt-trois heures de plus et je me transformais en super dictatrice, maître du monde.

Ce qu'une fille déséquilibrée et le pouvoir d'un sifflet peuvent faire.

(...)

L'autre cours était plate ; j'ai dessiné un personnage de fille.

Je le trouve mignon. Habituellement, j'ai zéro talent pour le dessin, mais je me suis surpassée.

Ah oui, je me suis fait mettre dehors parce que je n'arrêtais pas de souffler dans un sifflet.

Gnac, gnac, gnac...

(...)

C'est demain matin que Monsieur Patrick me fournira les premières statistiques de téléchargement de l'*Écho*.

Je ne veux pas être trop optimiste, mais je pense qu'on va cartonner. 😄

On m'en a beaucoup parlé.

Les photos de Fred et du Roi des têtards gluants en petite tenue, des plateaux de cafétéria collés aux pieds, font sensation.

Plusieurs m'ont demandé si c'était un montage ou si ça s'était vraiment passé.

Holà! Je suis une rédactrice intègre, *jamais* je ne tenterais de berner mes lectrices et mes lecteurs.

Les deux articles que j'ai écrits ont aussi eu du succès.

Des élèves m'ont demandé si les histoires du fusil électrique et des insectes étaient vraies.

Zoukini!

Me semble que c'est évident que c'est une blague, non?

Allô, esprit critique, où es-tu?

(…)

Pop n'est pas à la maison. Il est parti avec Grand-Papi récupérer son automobile. Je veux lui parler de ce qui s'est produit, mais je ne sais pas *comment*.

Je ne peux pas l'approcher, lui donner une bine sur l'épaule en lui disant: «Ouain, t'étais saoul en ta... cette nuit!»

Je suis gênée.

Pour moi, mais pour lui aussi. Il ne doit pas être très fier.

Il lui faut de l'aide.

J'ai essayé d'en parler à Fred, mais ça le ne préoccupe pas que Pop ait recommencé à boire. En fait, il a vraiment l'air au-dessus de ce qui se passe dans la maison.

Il ne reste à Mom que quelques mois à vivre? Et alors?

Grand-Papi était à quelques heures de succomber à une infection du sang? Bof.

Pop rentre à la maison ivre mort? Ah ben!

Il me fait ca-po-ter. Ou bien je suis vraiment TROP sensible, ou bien il est un robot.

Je penche pour la deuxième hypothèse.

En même temps, toutes ses idées étranges et ses comportements absurdes pourraient être expliqués par une erreur de programmation.

Allez, je continue à creuser le tunnel qui relie ma maison à celle de Kim avec une cuillère à thé afin de faire de la contrebande de réglisses rouges et je reviens.

★ ★ ★ ★ ★ ★ ★ ★ ★ ★ ★ ★ ★ ★ ★ ★ ★ ★ ★ ★ ★ ★ ★ ★

## BESOIN DE $$$ ?

Nous sommes à la recherche de personnes responsables
et discrètes prêtes à effectuer la contrebande
de perruques pour hommes. Ce marché est en pleine
expansion ! Les personnes engagées devront effectuer
des livraisons habillées en clown, en livreur de
fleurs ou en messager de la fin du monde, peigner
les perruques et en retirer tout insecte parasite.
Plusieurs hommes n'ont pas le courage de se rendre
chez un perruquier et doivent, pour éviter la honte,
se rabattre sur nos services souterrains.

www.jeveuxetreunagentdelavirilite.com

★ ★ ★ ★ ★ ★ ★ ★ ★ ★ ★ ★ ★ ★ ★ ★ ★ ★ ★ ★ ★ ★ ★ ★

# Les risques du Net
## (et du « spraynet »)

Namxox

> ## > Elle a appelé!

*OMG!*

Madame Annie a laissé un message dans notre boîte vocale!

Elle veut me parler demain.

Ça veut dire quoi?

Elle ne dit pas si elle a aimé ou non mon manuscrit, juste : «Rappelle-moi demain au bureau s.v.p.»

J'ai réécouté le message dix fois pour déterminer si c'était positif ou négatif; rien à faire, je n'ai aucune idée de ce qu'elle va me dire.

Argh! Je suis TROP impatiente!

Je crois qu'elle ne veut pas me décevoir et préfère m'annoncer de vive voix que mon roman d'horreur ne l'intéresse pas.

Puis cinq secondes plus tard, j'imagine qu'elle ne veut pas me dire que la maison d'édition pour laquelle elle travaille va le publier parce qu'elle ne pourrait pas répondre aux 1 383 625 questions que je vais lui poser.

Je ne peux pas attendre jusqu'à demain.

Je ne peux juste pas.

Et pourtant, je n'ai pas le choix.

Je sais où elle habite! Je pourrais m'y rendre et sonner «par hasard» chez elle?

Ou tomber dans sa cheminée?

Ou passer au travers d'une de ses fenêtres?

Ou passer par les égouts et, tel un boa constrictor ou un alligator, émerger des toilettes et demander à Madame Annie ce qu'elle pense des *Têtes réduites*.

Hum... Non.

(…)

Je viens de clavarder avec Kim. Elle entend beaucoup parler de l'*Écho des élèves desperados*. Sur son mur, plein d'élèves lui posent des questions au sujet des deux articles que j'ai écrits.

Ils pensent que c'est vrai!

C'est fou comme mes camarades d'école sont naïfs.

Paraît aussi que le serveur de l'école est inaccessible depuis 17 heures. Quand on essaie d'accéder au lien du journal, c'est écrit: «trop de connexions».

Est-ce que c'est à cause du journal? Ce serait tellement *cool*!

Mais je rêve en couleurs.

Si Monsieur Patrick m'annonce demain que 25% des élèves ont téléchargé le journal, je serai super contente. Avec le bouche à oreille, j'espère qu'on se rendra à 75% avant la prochaine édition.

Ça ne coûte rien de caresser des objectifs fous.

Parlant du journal : avant d'apprendre que Lara avait copié le roman sur Internet, je lui avais demandé de m'écrire un texte sur son expérience.

Elle vient de me l'envoyer.

J'ai lu les trois premiers paragraphes et j'ai arrêté.

Je suis mal à l'aise.

Il y a des fautes et des tournures de phrase incompréhensibles.

En plus, je sais que cette histoire repose sur un petit mensonge qui souffre maintenant d'obésité morbide.

Tout ça parce qu'au départ, elle n'a pas eu le courage de dire à sa mère qu'elle avait copié/collé le texte.

Je me répète, mais si, à cette étape, elle avait avoué sa tricherie, elle ne serait pas dans un aussi gros pétrin.

Mais elle ne voulait pas décevoir sa maman.

Quand l'histoire va éclater, sa génitrice sera déçue à la puissance infinie.

Quelle humiliation.

Et quelle est sa solution pour ne pas passer pour une menteuse aux yeux de ses parents ? Persévérer !

Résultat final probable ? Catastrophe.

Cet après-midi, Kim me disait dans l'autobus que depuis le lancement de son roman, Lara est toujours entourée de trois ou quatre personnes qui la vénèrent. Auparavant, elle était souvent seule.

Comment elle fait pour jouer le jeu ?

Si j'étais elle, je serais paralysée par la peur de me faire prendre.

Je me demande bien si je suis la seule à connaître son secret.

Je ne peux pas croire que je suis la seule qui a découvert le site Internet où le roman est publié en entier.

Ce n'est pas comme si j'étais une experte du Net: chaque fois que je fais une recherche, je tombe sur des sites:

🌸 où on voit des images de chats qui ont des expressions mignonnes (noooon!);

🌸 sur lesquels personne n'est allé depuis 1996;

🌸 où de la musique et/ou une vidéo poche se met à jouer sans mon consentement;

🌸 dont mon navigateur me met en garde en mentionnant que je m'y aventure à mes risques et périls et que mon ordinateur pourrait être endommagé, ou que je pourrais me retrouver avec une coupe de cheveux des années 80 avec pour résultat que toute brosse qui s'en approcherait serait aspirée et catapultée dans une autre dimension – vu que le navigateur aurait piqué ma curiosité (le salopard!), j'aurais cliqué là où je n'aurais pas dû;

🌸 ce qui provoquerait une réaction en chaîne où dix fenêtres s'ouvriraient en même temps et me mènerait sur des sites de femmes trop heureuses d'être toutes nues, maquillées et exploitées.

Ne me reste plus qu'à blâmer Fred pour les consé-
quences à court, moyen et long termes.

Allez, je vais voir si je fais partie cette année des
100 femmes les plus *sexy* de la planète (je crois que
j'étais la 101ᵉ l'année dernière) et je reviens.

C'est avec elle
que tout a commencé

Namxox

Publié le 27 janvier à 22 h 04
Humeur : Retournée

### > Pop s'est excusé, mais...

Ouf, je viens d'avoir une super engueulade avec Pop. 🙁 Avec Mom, c'est arrivé assez souvent. Avec Pop, jamais. Ce soir, pour le souper, Pop est allé chercher du poulet. Il était assez clair, en observant son comportement, qu'il se sentait coupable de ce qui s'était passé la veille. Mais il n'en parlait pas. Il a tout fait pour éviter le sujet. À la place, il a raconté de mauvaises blagues, m'a demandé dix fois si mon poulet était bon, a réfléchi à haute voix sur le fait qu'il ignorait que je préférais la salade de chou crémeuse à la traditionnelle, nous a demandé, à Fred, Tintin et moi, comment allaient nos études, et a fait un tour de table pour s'enquérir de nos choix de carrière. Bref, il a parlé, parlé et parlé, juste pour qu'il n'y ait pas de silences.

Deux choses :

**1–** Il ne voulait clairement pas qu'on discute de l'incident ;

**2–** Aussi incroyable que cela puisse paraître, je le soupçonne d'avoir bu avant le souper.

Ça me tue.

C'est une mouche qui a permis de crever l'abcès. Il y en avait une qui tournoyait autour de notre repas, ce qui, l'hiver, est plutôt rare. Faut croire qu'elle savait que

115

l'atmosphère était tendue et que sa présence allait déclencher une vraie conversation.

Faudrait arrêter de sous-estimer la mouche domestique. M'est avis que ce sera un des combats de ma vie : réhabiliter son image.

Tintin, qui a toujours le bon mot pour mettre de l'ambiance, nous a révélé un secret sur cet insecte :

– Quand elle se pose sur un aliment, parce qu'elle ne peut pas mastiquer, elle vomit un acide avant d'aspirer la bouillie créée. Il lui arrive aussi de déféquer en même temps. C'est une bestiole multitâche. Ça entre, mais faut bien que ça sorte aussi.

J'ai repoussé mon assiette.

– Wow, merci, Tintin, pour cette information pertinente. T'es le meilleur régime qui existe.

Puis, tout à trac (moment marquant dans mon existence : c'est la première fois que j'utilise cette expression), Tintin a regardé Pop et lui a demandé :

– Dis-moi, qu'as-tu bu pour être saoul à ce point la nuit dernière ? De l'alcool à friction ?

Je ne savais pas comment aborder délicatement la question avec Pop. Faut croire que Tintin n'était pas là quand on a distribué le don de la diplomatie.

– Oui, eh bien, je voudrais m'excuser pour la nuit dernière. Je me suis accroché les pieds.

« Accroché les pieds » est une expression que Pop utilise pour signifier qu'il a exagéré.

– Tu t'es pas juste accroché les pieds, a corrigé Fred. Tu les as presque arrachés. On a presque brûlé une sorcière à cause de toi.

Pop a ri.

Moi, je n'ai pas trouvé ça drôle.

– Tu dois cesser de boire, je lui ai dit.

Le sourire de Pop a disparu.

– Tu n'as pas à me dire quoi faire.

– Tu bois de plus en plus.

Pop était contrarié. C'est la première fois de ma vie que je provoquais ce sentiment chez lui.

Je n'ai pas aimé ça. 😟

– Je me suis excusé, qu'est-ce que tu veux de plus ?

– Je veux que tu arrêtes.

– Je peux arrêter quand je veux.

Ouille. Même discours que celui de Mathieu avec son problème de cleptomanie.

– Non. Je sais que tu bois en cachette.

Pop a repoussé son assiette avec agressivité, s'est levé et a pointé son doigt vers moi :

– Jeune fille, ce que je fais ne te regarde pas.

Et il est parti dans son garage.

Peut-être pour boire...

Décontenancée, j'ai regardé Grand-Papi qui avait assisté à la scène :

– Qu'est-ce qu'il faut faire pour qu'il arrête ?

– Il faut qu'il constate lui-même qu'il a un problème.

– Comment?

– Il faut qu'il atteigne le fond du baril. Excuse le mauvais jeu de mots.

– Le fond du baril, il est loin?

– Aucune idée. C'est la manière qu'il a trouvée pour moins souffrir.

– Je souffre aussi et je ne bois pas.

Fred nous a interrompus, incommodé par la conversation devenue brutalement honnête.

– Nam? Parlant de souffrance, tu sais, hier, tu m'as parlé d'un genre de chrysanthème sur les fesses?

– Hein?

Tintin l'a repris

– Érythème fessier.

Fred a levé un doigt.

– Ouais, c'est ça. Eh bien, j'en ai et j'ai mis de la vaseline dessus et je me sens beaucoup mieux aujourd'hui. Je glisse sur les chaises, mais c'est limite amusant.

Immobile et tétanisée, j'ai regardé Fred comme s'il venait de m'annoncer qu'il s'était badigeonné les fesses de gras d'essence et que ses foufounes lui procuraient une forme de plaisir à patiner sur les surfaces dures.

S'il se montre aussi distrayant, ça prouve à quel point il est vulnérable et qu'il refuse d'affronter nos problèmes familiaux.

Je suis sortie de mon état de statue ahurie.

– Merci, Fred, de cette offrande que tu nous fais si gracieusement. Je vois que t'es vraiment prêt à tout pour ne pas parler des vraies affaires.

Il a quand même réussi à désamorcer la conversation, le brigand.

Tintin et lui sont sortis de table et Grand-Papi a commencé à débarrasser.

Je ne pouvais tout de même pas discuter avec ma carcasse de poulet.

J'effectue un saut trois heures plus tard.

Alors que je lis couchée sur mon lit, on cogne à ma porte.

Je croise mes doigts pour que ce ne soit pas Fred qui veuille encore parler de ses cutanées.

*Nope.* C'est Pop.

Et il n'est pas content.

Et il sent l'alcool à plein nez, même s'il mâche de la gomme.

– Je veux que tu t'excuses pour ce que tu m'as dit à table.

– Je ne crois pas avoir été impolie. Je t'ai dit la vérité.

– Ce n'est pas la vérité.

– Pop, tu bois trop. Et tu ne peux plus t'arrêter.

– Oui, je peux.

– Non. On va en reparler quand tu n'auras pas bu, d'accord?

– Je n'ai pas bu.

– Tu as bu.

Je n'ai pas argumenté, je savais que ça ne servirait à rien. J'ai reposé mes yeux sur mon livre et Pop a quitté ma chambre.

Je ne reconnais tellement plus mon père! Depuis que Mom est malade, c'est un tout autre homme.

En plus, il nie avoir un problème. Comme ma tante et mon grand-père, il est alcoolique.

«Ton grand-père en est mort», m'a appris Mom ce soir au téléphone. Je n'ai pas pu résister, je lui ai dit que Pop était «un peu» saoul ce soir au souper.

– Je vais lui parler en revenant.

– Ça m'inquiète, je lui ai dit.

– Moi aussi.

«Moi aussi»? Ouille! C'est donc pire que je pensais.

Le père de Pop a détruit son foie avec l'alcool. Sans compter qu'il a marqué ses enfants avec ses accès de violence et ses comportements imprévisibles.

J'ai cherché sur le Net pour en apprendre un peu plus sur ce mal.

Certains prétendent que c'est une maladie, d'autres que c'est une mauvaise habitude qui tourne à la dépendance.

Tout le monde s'entend pour dire qu'un alcoolique le restera toute sa vie, même après vingt ans de sevrage.

Et qu'il n'y a qu'une solution : cesser toute consommation d'alcool. Point final.

Un seul verre et c'est la rechute quasi assurée.

Pop est donc en rechute.

J'ai enfin trouvé une autre raison pour m'empêcher de dormir ! Yé !

Allez, je vais plonger la tête dans l'eau de mon bain pour voir combien de temps je peux retenir mon souffle (le record du monde est de 11 minutes, 35 secondes, y a rien là !) et je reviens.

### > Le monde est fou!

**Preuve # 1:** Ce matin, un gars de ma classe a été transporté à l'hôpital pour intoxication. Comment il s'est intoxiqué? En se blanchissant les dents avec du liquide correcteur pour faire rire ses amis.

**Preuve # 2:** L'animal emblématique de l'Écosse est la licorne.

**Preuve # 3:** Il y a une chanson d'un certain Engelbert Humperdinck intitulée «La mouette lesbienne». Je n'arrive pas à décider ce qui est le plus *awesome*, le nom du chanteur ou le titre de sa chanson?

**Preuve # 4:** En Malaisie, selon une légende, un vampire appelé le Pelesit prend la forme d'un grillon qui s'insinue dans la tête d'un individu et se nourrit de son sang. La victime devient folle et, pour une raison inexplicable, se met à hurler en miaulant comme un chat.

**Preuve # 5:** Le dernier *ÉDÉD*, disponible depuis hier matin, a été téléchargé par 122% des élèves de l'école. Et les serveurs de l'école ont effectivement planté.

Laissez-moi m'étendre quelque peu sur la preuve # 5, si vous me le permettez.

Merci.

Monsieur Patrick est dépassé par les événements. Moi de même.

C'est un succès considérable pour le premier numéro officiel.

Tout le monde parle du journal.

Genre, TOUT LE MONDE. Pas juste les élèves. Les profs. Les parents. Les médias.

Parce que certains lecteurs pensent vraiment que Monsieur M. va infliger des décharges électriques aux élèves qui le méritent et à d'autres, de manière aléatoire, pour instiller la peur.

Parce que certains lecteurs pensent vraiment que notre cafétéria servira des insectes comme repas. La direction de l'école a reçu un nombre effarant d'appels de parents paniqués. Des parents qui ont contacté les médias.

Tard dans la soirée d'hier, il a fallu que Monsieur M. écrive un communiqué de presse confirmant que deux des articles que j'ai écrits sont des canulars.

Monsieur Patrick m'a dit qu'il avait lui-même donné des interviews.

Zoukini !

Pour l'amour des attaches à pain, comment un tel désastre a-t-il pu se produire ?

Comment peut-on penser en lisant ces articles que ce n'est pas une blague ?

C'est clair, non ?

Je voulais faire rire, pas créer un scandale !

Monsieur Patrick est censé avoir une discussion avec Monsieur M. cet après-midi. Il m'a dit que ça ne l'énervait pas trop.

Moi, ça m'énerve !

(…)

OMG ! On vient de m'appeler à l'interphone : je dois me rendre au bureau de Monsieur M.

Immédiatement ! ☺

\* \* \* \* \* \* \* \* \* \* \* \* \* \* \* \* \* \* \* \* \* \* \* \* \*

AVIS À TOUTE LA POPULATION TERRESTRE !
De tous les animaux, le chat est celui qui s'est
le mieux adapté à l'existence des humains. Depuis
le début des années 60, la race féline, lentement,
mais sûrement, impose sa dominance sur ses
hôtes. Vous nourrissez le félin, le cajolez,
le divertissez, ramassez ses besoins, lui offrez
un système de santé privé où il n'y a pas d'attente.
En retour, il se sert de vous comme canapé et
se drogue à l'herbe à chat. Si vous vous étouffez
devant lui, sa seule réaction sera probablement
de vomir une boule de poils et de la renifler
par la suite. Réveillez-vous !

www.ilvousobserveaussiquandvousdormez.com

\* \* \* \* \* \* \* \* \* \* \* \* \* \* \* \* \* \* \* \* \* \* \*

Il m'en faudrait un
pour me consoler

Namxox

Publié le 28 janvier à 16 h 38
Humeur : Échaudée

### > Ouppelaille

Ma rencontre avec Monsieur M. a duré une demi-heure.

Il n'était pas trop content, Monsieur le directeur.

Parce que je l'ai cité dans un texte sur les vertus de l'électrocution punitive chez les adolescents du 21ᵉ siècle.

Parce que j'ai fait dire à la responsable de la cafétéria que les insectes étaient la nourriture du futur. Et que de toute façon, il y en avait déjà un petit peu dans chaque repas servi à la caf.

Elle n'a pas le sens de l'humour, la madame. Vraiment pas. Elle ne veut plus venir travailler à notre école. Elle a demandé à être transférée dans une autre école.

Monsieur M. comprend ce que j'ai voulu faire et il respecte ma liberté d'expression. Mais la prochaine fois que j'écrirai un article «non fondé sur des faits», il demande que soit inscrit «texte issu de l'imagination fertile de Namasté».

J'ai protesté un peu.

– Si je fais ça, ce ne sera plus drôle.

– De toute façon, vos articles ne sont pas drôles.

Aïe!

Il a poursuivi :

- Provocateurs, sarcastiques, deuxième degré, troisième même, mais pas drôles. Je préférais le journal quand il était moins mordant. Vous devriez, mademoiselle, ramener les chatons.

QUOI ?

- Non, pitié, pas les chats !

- Je les trouvais mignons.

Je me sens évidemment très coupable. C'est pourquoi j'ai offert à Monsieur M. de lui écrire une lettre d'excuses. Ainsi qu'à la pauvre dame de la cafétéria.

- Moi, ce ne sera pas nécessaire. Mais pour Madame Chalifoux, j'accepte votre offre.

Je suis sortie du bureau en rampant.

Je me sentais comme la pire des criminelles.

Comme si je venais de tuer un panda rouge à coups de râpe à fromage (le panda rouge est le plus mignon animal de tous les univers de toutes les galaxies du monde entier).

Monsieur Patrick a sauvé ma journée. Il m'a dit de ne pas m'en faire, qu'il avait pris tout le blâme parce qu'il est le prof « supposément » responsable du journal étudiant.

- Ne t'en fais surtout pas, d'accord ? J'ai trouvé tes articles géniaux. Tu as déjà entendu parler de la panique de la Guerre des mondes ?

- Non.

- En 1938, Orson Welles, grand acteur et réalisateur, a animé une émission de radio portant sur un roman de science-fiction de H.G. Wells, *La guerre des mondes*, où des Martiens envahissent la Terre.

– Me semble que j'ai vu le film, est-ce que ça se peut?

– Oui, ça se peut. Orson Welles, pendant son émission, a parlé des attaques extraterrestres sous la forme de faux bulletins de nouvelles. Les auditeurs ont paniqué. Orson Welles est devenu populaire par la suite et il a réalisé le plus grand film de tous les temps, *Citizen Kane*. Tu l'as déjà vu?

– Non. Mais je veux le voir s'il y a des écoulements de sang absurdes et un scénario *nawak*.

– Non. Il n'y a rien de tout cela. Tu as peut-être froissé certaines personnes, mais je pense que tu peux être fière de l'effet que tu as produit.

– Vraiment?

– Mais oui. La prochaine fois, nous serons plus prudents, mais pour ce numéro, c'était un super bon coup de marketing. Tu as fait sauter les serveurs de l'école!

Il est gentil, Monsieur Patrick.

Dommage qu'il n'ait pas 16 ans. 😖

(…)

Je viens de voir une information cruciale passer sur mon mur *Fesse-de-bouc*.

Je ne peux pas passer à côté.

Je vais me préparer!

Allez, je m'extasie du fait que le mot «kayak» peut se lire dans les deux sens (c'est un palindrome), ce qui est certainement la chose la plus intéressante de ce sport, et je reviens.

(Mon prochain roman sera un palindrome de 200 pages. Nan, je niaise.)

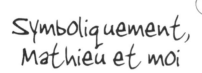

Symboliquement,
Mathieu et moi

Namxox

Publié le 28 janvier à 22 h 42
Humeur : Survoltée

### > Soirée pas reposante

Quand on va au cinéma, habituellement, on passe une soirée relaxante.

C'était censé être un film d'action... Il y en a eu plus dans ma soirée que dans le film !

Le tout a été un échec lamentable.

J'y suis allée parce que Mathieu me tourmente encore. Il reste accroché à moi comme un chardon aux cheveux d'une fillette (mettons).

Je le torture avec mon histoire de Wolfgang et ça fonctionne relativement bien. Je pense que je suis sur le point de lui faire regretter de m'avoir laissée pour Valentine.

Mais il ne cesse de remettre en question tout l'amour que j'ai pour Wolfie et ça m'énerve.

Il doute de l'indéfectible affection que j'ai pour lui. Cet après-midi, après l'école, alors qu'on marchait vers l'arrêt d'autobus, il a attaqué mon *chum* imaginaire.

– J'te gage que tu sors avec juste pour me faire suer.

– Non, pas du tout. Je l'aime vraiment.

– Je ne te crois pas. C'est ton rebond. T'es juste avec pour te consoler de moi.

Argh ! Il est tellement arrogant !

– Du tout.

Kim, qui nous accompagnait et qui est au courant de la mission que je me suis donnée, est entrée dans la danse.

– Si Nam ne l'aimait pas autant, elle n'aurait pas fait du *bungee* avec lui. Il est tellement extrême, ce Wolfgang.

Je n'avais évidemment aucune idée de quoi elle parlait. *Bungee* ? Il me semblait avoir vaguement entendu parler de cette activité un jour de douce mélancolie.

Kim m'a fin un clin d'œil, j'ai joué le jeu.

– Ouais, du *bungee*. Il est bon, en plus.

– C'est facile, le *bungee*, a répliqué Mathieu. Pas besoin de talent pour ça.

– Qu'est-ce que tu racontes ? Il faut avoir le rythme dans le sang et je t'assure que Wolfie, il l'a.

J'ai fait une succession de clins d'œil très peu subtils à Kim, la langue sortie au coin des lèvres, comme si je savais ce que ma phrase sous-entendait.

Quand j'ai aperçu mon reflet dans la fenêtre d'une automobile, j'ai arrêté ; j'avais juste l'air d'avoir un bogue au cerveau dans la zone «paupières et langue».

Mathieu ne s'est pas laissé impressionner.

– Pas besoin de rythme pour faire du *bungee*. Tu n'as rien à faire.

– Voyons, j'ai dit, de quoi tu causes, mec ? Il faut avoir un contrôle parfait de ses mains.

J'ai commencé à tapoter dans les airs sur d'inexistants instruments tout en dandinant mes fesses et en émettant une suite de sons saccadés qui devait ressembler au bruit que je ferais après avoir été extirpée de l'océan par un sauveteur alors que mes poumons seraient remplis d'eau salée.

Kim a agrippé la manche de mon manteau et m'a chuchoté à l'oreille.

– Nam, on parle de *bungee*, pas de bongos.

– C'est quoi la différence?

– Un bongo, c'est un instrument à percussion. Tu sais, deux petits tambours collés ensemble. Du *bungee*, c'est quand on s'attache les chevilles à un élastique et qu'on se jette dans le vide.

– Oh... Je vois...

Je ne voyais rien, en fait.

– Qu'est-ce qui se passe? a demandé Mathieu.

– Rien. On s'extasiait devant les talents de Wolfie. Pas facile de jouer des percussions quand on se jette dans le vide.

Je me demande encore si c'est humainement possible de faire du *bungee* en tapant sur des bongos.

Faudra que j'essaie ça un jour.

– Pourquoi il fait ça, ton *chum*? C'est ridicule.

– Oui. Euh, non. C'est pas ridicule. C'est tellement extrême.

C'est à ce moment que Mathieu a dû se séparer de nous. Bonne chose parce que je ne sais vraiment pas comment j'aurais pu justifier pareil acte d'incongruité de la part de Wolfie.

Un peu avant le souper, j'ai lu sur mon mur de nouvelles que Mathieu allait au cinéma avec Valentine. Je me suis dit que je devrais y aller avec mon *chum* pour lui fermer le clapet.

Alexandre est grand, beau et musclé. J'ai demandé son numéro de téléphone à mon frère.

– Je te le donne à condition que tu fasses mon devoir de français. Je n'y comprends rien.

J'ai jeté un œil à la feuille devant lui.

– Tu vois, ici, c'est écrit «Nom» avec deux petits points. Tu dois écrire ton nom au complet. Avec une majuscule à la première lettre, parce que c'est un nom propre. Et il y a la date. Nous sommes en janvier. Le 28. Un deux et un huit. Et tu dois inscrire ton groupe. C'est un nombre à trois chiffres. Est-ce que tu peux me dire quel est ton groupe?

Le pire est que Fred était vraiment concentré sur ce que je disais.

– Je pense que tu peux maintenant te débrouiller sans moi. Donne-moi le numéro d'Alexandre.

– Attends, je dois faire les exercices. C'est quoi ça, le présent du subjonctif? C'est pas un truc qu'on peut attraper dans les saunas?

Je n'ai pas cherché à en savoir plus. Et parce que j'ai eu le pressentiment qu'il allait bientôt me parler de son érythème fessier, j'ai créé une diversion en lançant avec mon pied et en direction de sa tête une des culottes qui traînaient sur le sol.

Je n'ai habituellement pas le compas dans l'œil, mais cette fois, j'ai atteint ma cible.

Il l'a reçue en plein visage.

Et elle est restée suspendue à son nez.

– Hum, ça sent bon la vaseline.

– Eurk. Allez, son numéro, j'en ai besoin.

Il n'a pas touché à sa culotte et a ouvert son agenda. Et il m'a donné le numéro d'Alexandre.

– Merci, grand frère. Si j'étais toi, j'enlèverais le truc que t'as au visage. Tu risques d'attraper le présent du subjonctif.

Il a pris sa culotte et me l'a balancée.

Elle m'a heurté violemment l'épaule.

Je n'ai pas d'ecchymose et je n'ai pas mal, mais je suis sûre que c'est une blessure tranquille, genre le choc aura modifié mon ADN ou un truc du genre et, dans quarante ou cinquante ans, je perdrai mon bras.

J'ai poussé un cri strident et je me suis réfugiée dans la salle de bains, terrorisée à l'idée d'être pourchassée par l'abominable bobette grasse.

Fred n'a AUCUN RESPECT pour l'être humain que je suis.

Je dois dormir. Je vais terminer mon histoire abracadabrante demain.

Allez, je vais lire un article sur «Six faits surprenants sur le fromage canadien» et je reviens.

Je suis fragile,
je préfère l'argile

### > J'avais oublié!

Que le grand cric me croque! Avec toutes ces péripéties existentielles, j'ai complètement oublié de rappeler Madame Annie au sujet de mon roman d'horreur.

Je le fais maintenant.

(…)

*Schnoute* de *schnoute*. Je lui ai parlé, mais parce qu'elle était occupée, elle doit me rappeler.

Je dois encore attendre.

Moi, j'ai le droit de faire patienter les gens, mais les gens n'ont pas le droit de me faire patienter. 😊

Elle semblait heureuse d'entendre ma voix. Peut-être parce qu'elle a une bonne nouvelle à m'annoncer?

Ou au contraire, parce qu'elle est sur point d'anéantir mon avenir, elle adopte un ton gentil, genre elle répand du miel sur une roche avant de me la faire avaler?

Je suis perdue.

Allez, Madame Annie, appelez-moi!

(…)

Bon, après avoir contemplé le téléphone de la maison pendant quinze minutes sans même cligner des paupières, je n'ai toujours pas de nouvelles de l'éditrice.

Je vais écrire pour passer le temps.

C'est ça ou tirer sur des pigeons fragiles à la carabine.

(On m'annonce à l'instant qu'il s'agit de «pigeons d'ARGILE» et non de «pigeons FRAGILES». Ça rend cette activité encore moins intéressante.)

(...)

Avec la commotion créée par mes faux articles, on est rendu à un taux de 378 % de téléchargement.

C'est ridicule.

Monsieur Patrick est content parce que tout le monde parle du journal. Et les exceptions qui ne le font pas, c'est parce qu'ils sont analphabètes.

Pour ma part, ça me stresse. Des élèves de ma classe m'ont demandé quand le prochain numéro allait sortir ; ils ont hâte de le lire.

Aïe. J'ai de la pression ! 😵

Pendant un cours, j'ai rédigé une lettre d'excuses à Madame Chalifoux. Si j'avais pu, je l'aurais écrite avec mon sang, mais c'est trop salissant dans un cours de maths.

«Madame Chalifoux,

Je suis Namasté, la rédactrice en chef de l'*Écho des élèves desperados*. Par cette missive, je tiens à m'excuser d'avoir écrit, entre autres, que vos papilles gustatives se réjouissaient du jus que projettent les insectes dans votre bouche quand ils explosent sous la pression de vos dents.

Vous n'êtes pas entomophage.

(Si vous l'êtes, c'est votre vie personnelle, ça ne me regarde pas et je ne vous juge pas. Je vous aime comme j'aime la sauce brune que vous mettez dans votre poutine, même s'il y a des fois des grumeaux dont la forme et la texture défient la science moderne.)

Désolée encore une fois.

Namasté »

Ça vient du cœur, non? Moi, si je recevais pareille lettre de la part d'une adolescente aussi ravissante, intelligente et sensible que moi, je verserais une larme ou deux. 😊

(...)

Mom ne va pas super bien.

Les antibiotiques qu'on lui administre à fortes doses lui donnent la nausée. De plus, ses médicaments contre le mal de cœur la font dormir.

Pop est avec elle. Je ne lui ai pas parlé depuis notre dispute ; je pense qu'il est fâché.

Il ne viendra pas souper ce soir. Ça signifie que notre repas sera constitué d'un carré de porcelet et flanc rôti, d'une sauce à l'anis et de gnocchis aux cèpes et marguerites sauvages accompagnés d'une purée de chou-fleur.

Ou des flocons de maïs grillés dans un four industriel enrobés d'une couche homogène de sucre raffiné, nappés d'un liquide biologique blanc dont le taux de gras est de 1 % et qui a été sécrété par les glandes d'une femelle de la famille des bovins – plat plus communément appelé « bol de céréales ».

(…)

Kim m'a rapporté que Valentine a dit de l'*ÉDÉD* que pour le rendre intéressant, il a fallu que j'invente des nouvelles et que j'exploite le corps d'élèves innocents.

Que dire sinon qu'elle a entièrement raison ?

(…)

Pourquoi Madame Annie ne me rappelle-t-elle pas ? Pourquoi ?

(…)

Je dois terminer mon histoire d'hier soir, qui constitue la sortie au cinéma la plus improbable de l'histoire.

*OMG!* Le téléphone sonne !

Allez, je réponds «Ranch de la vergeture, bonjour !» en décrochant le téléphone pour désarçonner mon inter-locutrice et me trouve trèèès drôle et je reviens.

### > OMG OMG OMG

Madame Annie a aimé *Les têtes réduites*!

Elle a accepté de le publier.

Je CA-PO-TE.

Elle m'a même demandé si j'avais d'autres idées, parce qu'elle veut démarrer une collection de romans d'horreur pour ados.

Des idées? J'en ai des tonnes!

Faut que je retravaille un peu le manuscrit, mais rien en profondeur.

Je ne me suis jamais sentie aussi heureuse de toute ma vie!

Je l'ai dit à Kim, à Grand-Papi, à Fred, à Tintin. J'ai essayé d'appeler Mom, mais il n'y avait pas de réponse.

J'ai aussi tenté de rejoindre Pop, mais parce qu'il est à l'hôpital avec Mom, il a éteint son téléphone cellulaire.

J'étais tellement agitée que je suis allée dehors sans manteau pour annoncer la nouvelle au père Noël en plastique de la taille d'une petite personne qui traîne sur le terrain du voisin qui n'a toujours pas rangé ses décorations des Fêtes.

Le bonhomme était enterré sous la neige; j'ai dégagé sa tête et je l'ai interpellé en demandant: «Yo, B*tch, devine quoi?»

J'ai déguerpi quand le voisin est sorti sur son balcon et a tiré un coup de carabine en l'air en hurlant que s'il me voyait de nouveau sur son terrain, il allait appeler la police.

C'est comme si ça ne m'arrivait pas vraiment. Comme si je rêvais les yeux ouverts. J'ai dit à tout le monde de garder ça secret. Je veux pas que ça se sache à l'école.

Pas maintenant, *because* Lara, entre autres. Je ne veux pas lui voler la vedette, même si elle ne mérite pas ce qu'elle vit. Je ne veux pas que les gens disent que je suis ce genre de fille qui accapare toute l'attention parce qu'elle a manqué d'amour dans sa vie. 😞

Et puis, avec l'*ÉDÉD*, les projecteurs sont tellement braqués sur moi présentement que je vais bientôt avoir un coup de soleil.

Nouvelle moins réjouissante : *Les têtes réduites* ne va être publié qu'à l'automne prochain, en septembre.

Dans huit mois... C'est looong! Mom ne pourra peut-être pas le tenir dans ses mains. Snif...

Qu'est-ce que je vais faire pendant ce temps-là?

Écrire un nouveau roman d'horreur. Hé, hé...

L'histoire pourrait être celle d'une fille qui, ayant une grosse tache de naissance dans le visage, a maille à partir avec certaines personnes de son école. Le roman s'intitulerait *Harcelée* et serait le deuxième de la collection.

On verra bien.

Je suis tellement contente. C'est malade mental ce qui m'arrive. 😊

(…)

Où j'en étais avec ma soirée d'hier?

Voyons voir, je crois que j'ai parlé de l'agression sauvage de la culotte visqueuse de mon frère, n'est-ce pas?

Bien.

Je compose le numéro d'Alexandre et, magie, c'est lui qui répond.

– Salut, c'est Namasté. Ce soir, on va au cinéma ensemble, t'as rien à faire de plus intéressant j'espère, non? Génial, faudrait que tu sois chez moi à 18 h 15, je t'attends. Si tu n'es pas là, je te jette un sort, un indice de deux mots: «démangeaisons» et «langue».

J'ai raccroché, je me suis assise dans le coin de ma chambre, j'ai serré très fort mon toutou souris bleue dans mes bras, je me suis balancée d'avant en arrière et, pour ne pas entendre la sonnerie de mon téléphone au cas où Alexandre voudrait me rappeler et manifester son désaccord, j'ai chanté à tue-tête une chanson sur laquelle je suis tombée tout à fait par hasard (je le jure!) sur *Youtoube*: *Après l'école* de Marc Drouin et les Échalottes (1982).

«Après l'école

Y en a qu'écoutent du rock n' roll

Y en a qui perdent le contrôle

Après l'école

Y en a qui racolent

D'autres à qui les oreilles décollent

Après l'école

Y en a qui jouent au football

Et d'autres qui deviennent folles

Parce qu'elles pitonnent trop sur leur Jarrold. »

Toute une performance, mes amies.

Mon toutou est passé du bleu au vert, indisposé par mes talents de chanteuse. ☺

(C'est quoi, un Jarrold ? Au début, je pensais que c'était le nom d'un gars populaire qu'on avait cloné. Et que les adolescentes des années 80 « pitonnaient » dessus [plus rien ne m'étonne de cette décennie]. J'ai demandé à ma grosse équipe de recherche d'effectuer une investigation en profondeur à ce sujet. À l'aide de calculatrices scientifiques à 101 boutons que je lui ai fournies, elle a découvert qu'un Jarrold est en fait l'ancêtre de la télécommande pour télé, une boîte rectangulaire avec interrupteurs et boutons pour sélectionner les postes. Merci, grosse équipe de recherche !)

Je l'ignorais, mais Alexandre a son permis de conduire depuis peu. Il s'est stationné devant la maison à 18 h 15 précises.

Heureusement, ni Pop ni Mom n'y étaient ; ils ne m'auraient jamais laissée partir avec lui.

En ouvrant la porte, j'ai été soufflée par la tenue de mon accompagnateur : Alexandre était en smoking.

– Wow, j'ai fait. On s'en va au cinéma, pas à la cérémonie de remise des Oscars.

– Je sais. Mais c'est un grand privilège d'y aller avec toi.

Il m'a alors tendu une plante morte dans un sac à sandwich.

– C'est une violette africaine, il a ajouté. Pour toi. J'aurais voulu t'acheter des fleurs, mais j'ai su trop tard qu'on sortait ensemble.

– Wow. Euh, il y a longtemps que tu l'as arrosée?

– Aucune idée, c'est pas moi qui s'en occupe. Je voulais te donner une des orchidées de ma mère, mais elle a refusé.

– Elle t'a donné la violette africaine à la place?

– Ouais. Faudra que tu lui trouves un pot.

– J'avais remarqué.

– Et elle peut faire des fleurs.

– Ah oui? Eh ben. Est-ce qu'elle peut aussi se retrouver au compost?

– Hein?

– Laisse faire.

J'ai attrapé mon manteau, enfilé mes chaussures et crié à personne dans la maison que je partais pour le cinéma et serais de retour dès que j'aurais fait la démonstration que je suis un génie des plans diaboliques conçus pour importuner son ex.

– C'est ton automobile? j'ai demandé à Alexandre en me dirigeant vers elle.

– Non, non. Celle de mon père.

– *Cool.* Avant de se rendre au cinéma, je dois te tenir au courant de...

Je me suis arrêtée devant la portière du passager avant.

Alexandre, que je croyais gentleman, ne m'a pas ouvert la porte, mais m'a plutôt demandé :

– Est-ce que t'es sale ?

– Sale ?

– Tourne-toi.

– Hein ?

– C'est l'auto de mon père. Si je la salis, il va me tuer.

J'ai fait un tour sur moi-même.

– Ça te va ? Tu sais, les filles qui se roulent dans la boue comme des truies sont assez rares à notre époque.

– Je sais. Attends.

Alexandre ouvre la portière avant et s'empare d'un aspirateur portatif. ☺

– Je peux ?

– Tu peux quoi ?

– Te le passer dessus.

– *Ouatedephoque ?*

– Ouais, juste pour être sûr.

– Sûr de quoi ? De passer pour un *freak* ?

– Non. Juste être sûr que tu ne vas pas salir les bancs.

– Tu le vois bien que je ne suis pas sale.

– Juste pour être sûr. Mon père et son auto, c'est sacré.

Si je n'avais pas eu une mission aussi cruciale à accomplir pour améliorer le sort de l'humanité, je lui aurais fait avaler l'aspirateur portatif.

C'est donc sur le trottoir en face de ma maison, à moins 20 degrés Celsius, que je me suis laissée aspirer.

Alexandre est repassé au moins trois fois à chaque endroit.

J'ai vu Youki me monter de la patte et se foutre de ma gueule dans la vitre du salon. 🙂

– Super, a dit Alexandre. Merci de ta compréhension.

Il a reposé l'aspirateur sur le siège avant, puis il a ouvert la portière arrière et m'a fait signe d'entrer dans le véhicule.

– Je ne m'assois pas en avant?

– Non. Si on a un accident et que le coussin gonflable t'explose au visage, tu vas mettre du sang partout.

– As-tu l'intention d'avoir un accident?

– Non. Non, pas du tout. C'est juste pour prévenir.

– T'es *weird*.

– C'est mon père.

– Ouais, OK. J'aimerais bien le rencontrer.

(…)

Mon frère a besoin de surfer sur les Internettes.

La suite plus tard.

Allez, je développe une technique pour que les inconnus que je rencontre m'aiment en moins de 90 secondes et je reviens.

Publié le 29 janvier à 21 h 21
Humeur : Désemparée

### > Une nouvelle douce-amère, finalement

J'ai finalement pu parler à Mom.

Quand je lui ai annoncé la nouvelle, elle a éclaté en sanglots.

Ce qui me trouble, c'est que ses pleurs de joie se sont transformés en larmes de regret quand je lui ai dit que mon roman allait être publié en septembre prochain.

– Je ne pourrai jamais le tenir dans mes mains, elle a dit.

Le plus pénible a été de ne pas pouvoir la prendre dans mes bras pour la consoler.

Au téléphone, quand la personne au bout du fil est affligée, c'est frustrant. Aucune parole n'a le pouvoir rassurant d'un câlin.

J'ai quand même essayé de lui remonter le moral :

– On ne sait jamais, il y a des gens qui vivent plusieurs mois.

– Oh, Namasté, si tu savais...

Si je savais quoi ?

Je n'ai pas osé lui poser la question de crainte d'une mauvaise nouvelle.

Je suis pleutre.

C'est vraiment une journée des extrêmes.

Quand Madame Annie m'a appris la bonne nouvelle, j'étais super joyeuse et quand j'ai raccroché après avoir parlé à Mom, j'étais anéantie.

On appelle ça une douche écossaise (une autre expression apprise au cours de mes lectures) : on alterne entre le chaud et le froid, d'un sentiment à son contraire.

C'est *rushant*.

En raccrochant, je me suis effondrée.

Les larmes coulaient de mes yeux comme si on venait d'ouvrir les vannes d'un barrage et que le torrent était si puissant qu'on ne pouvait les refermer.

C'était tellement dur d'entendre la voix de ma mère défaillir.

Quelque chose s'est brisé.

Avec la sortie de mon roman prévu en septembre prochain, c'est comme si elle avait compris qu'elle allait bientôt mourir et que personne ne pourrait rien y faire. 🙁

Pour ajouter au pénible de la situation, Fred est apparu dans la porte et m'a observée comme si j'étais une morue en train d'agoniser sur un quai en plein soleil.

– Pourquoi tu pleures encore ?

– Pourquoi tu penses, grosse tarte ?

– Pour ton truc de roman ?

– Tu peux pas faire la différence entre pleurer de joie et pleurer de peine ?

– Je sais pas. Tu pleures tout le temps.

– Ben oui, c'est ça, même quand je dors, que je me fais un sandwich au fromage et que je prends ma douche.

– Ah oui ? Je pensais pas que c'était si pire.

Je lui ai lancé mon oreiller qui est passé à deux mètres de sa tête et a atterri sur le pauvre Youki, lequel se demande encore pourquoi le Destin lui a fait subir pareille injustice.

– Ben non, tata. Je niaisais.

– Ah, me semblait aussi que c'était *freak*.

– Ça te fait rien, toi, de savoir qu'il ne reste que quelques mois à vivre à Mom ?

– Non.

– T'es insensible, ou quoi ? Elle va te manquer affreusement. Crime, tu lui demandes encore de te curer les oreilles et t'as presque 17 ans.

– Je suis pas insensible. Elle ne va pas mourir.

Je me suis dit qu'il était dans sa phase de déni.

– Oui, elle va mourir. Les médecins qu'elle a consultés sont unanimes. Il n'y a aucune chance qu'elle survive. Aucune.

J'ai recommencé à pleurer.

– Arrête de brailler. Elle va pas mourir, je te dis.

– Fred, elle va mourir.

– Nam, elle va pas mourir. Je te le jure. Il y a des choses que tu ne sais pas. Je ne peux pas en parler, mais je t'assure que dans un an ou deux ou cinq, elle sera encore vivante.

– Toi qui n'arrives même pas à conjuguer le verbe avoir au présent de l'indicatif et qui penses que la Grèce a donné naissance aux gras trans et non aux plus grands philosophes, toi, tu me dis que Mom ne va pas être bouffée par ses cancers?

– Je suis capable de conjuguer le présent de l'indicatif du verbe avoir, tu sauras. Mais la Grèce a vraiment inventé les gras trans. Tsé, ça s'appelle pas la «Grèce» pour rien.

– Fred, Mom a consulté les meilleurs spécialistes de la province. Et elle a travaillé toute sa vie dans des hôpitaux, elle est la mieux placée pour savoir ce qu'il lui arrive.

Mon frère a alors eu un geste qui m'a surprise. ☺

Il s'est assis sur mon lit et il a posé une main sur mon épaule.

– Arrête de pleurer, Nam. Maman ne va pas mourir. Je te le promets.

Il s'est approché et a fait exactement ce dont j'avais besoin : il m'a serrée dans ses bras.

Ça m'a fait le plus grand bien.

Quelques instants plus tard, alors que je le tenais encore très fort, il m'a dit :

– Je vais me décoller parce que c'est trop étrange, d'accord?

Je l'ai laissé aller.

Mon frère m'a dit exactement les mots que je voulais entendre.

Pendant quelques minutes, il m'a soulagée de la peine que la maladie de Mom provoque en moi.

Puis, eh bien, j'ai commencé à me poser des questions. Beaucoup de questions.

Comment il peut être si sûr qu'elle ne va pas mourir?

Par quel moyen il sait que les cancers de Mom ne vont pas avoir le dessus sur elle?

Comment est-ce possible? 😮

Il faudrait un miracle pour que Mom survive aux mois qui s'en viennent.

Fred n'a pas été canonisé. Il n'est pas un saint. Et aux dernières nouvelles, faire exploser des bananes dans le four micro-ondes (seule chose pseudo-mystique qu'il peut accomplir) ne compte pas pour un miracle.

J'ai lu que, des fois, il se produit des guérisons que les médecins n'arrivent pas à expliquer. Des énigmes scientifiquement insolubles.

Mon frère en est une, ça, c'est indiscutable. Mais comment il a pu m'affirmer calmement que Mom allait survivre? Il a une troublante confiance en lui. Je veux tellement le croire!

Mais en même temps, c'est juste pas possible.

Et si Fred avait raison? Pour une fois?

(…)

Il est trop tard pour que je termine mon histoire avec Alexandre.

Je suis fatiguée.

Allez, je tente de plier un sou en deux avec le pli de mon coude et je reviens.

\* \* \* \* \* \* \* \* \* \* \* \* \* \* \* \* \* \* \* \* \* \* \* \* \*

CABINET DU DOCTEUR ABADI GOUGOUNE

Le docteur Abadi Gougoune, après un séjour en
prison injustifié, est enfin de retour ! Il peut
GUÉRIR les cataractes, REDRESSER les nez croches,
RÉPARER les cœurs brisés, faire DISPRAÎTRE
les crampes menstruelles, ÉLOIGNER les esprits
malsains des terrains en construction, RACOMMODER
les culottes déchirées et faire DÉMARRER les
tondeuses russes. De 9 h à 18 h 30, même
les jours fériés, fermé le midi.

www.toutsefaitautelephone.com

\* \* \* \* \* \* \* \* \* \* \* \* \* \* \* \* \* \* \* \* \* \* \* \*

Il me faut
un protège-cœur

### > Alexandre et son père

Pas capable de dormir, la turbine dans ma tête tourne sans cesse.

S'il y avait moyen de récupérer toute cette énergie perdue, je pourrais alimenter en électricité des petits pays comme les États-Unis ou la Chine.

J'ai vraiment été brassée dans tous les sens du mot. Super bonne nouvelle (mon roman), mauvaise nouvelle (le désespoir de Mom et le mien), nouvelle déconcertante (Fred m'apprend que Mom va survivre)...

Ma vie est tellement mouvementée ces temps-ci que je songe à porter un casque protecteur sur mon cœur pour éviter les commotions sentimentales.

(…)

Tant qu'à tourner dans mon lit comme un poulet sur une brochette de rôtissoire, écrivons !

Je suis donc sur le point d'entrer dans l'auto du père d'Alexandre. Il a passé l'aspirateur sur moi, expérience sordide mais, vu l'obsession de son géniteur pour la propreté de son char, indiscutablement nécessaire.

Tsé, quand on est vraiment prête à tout pour faire *flipper* son ex...

Maudit orgueil !

Ah oui : je ne peux pas m'asseoir sur le siège du passager avant parce qu'il existe une possibilité que je répande mon sang après avoir été brutalisée par le coussin gonflable.

Je pose donc mon popotin sur le siège arrière, ce qui provoque un bruissement suspect.

Je me rends compte que je suis assise sur des sacs à ordures vides. Je suis sur le point de faire entrer mes pieds dans la voiture quand Alexandre pousse un cri à faire craquer les jointures d'une pieuvre.

– Attends !

Il ouvre le coffre à gants et en sort des sacs en plastique qu'on nous vend cinq sous à l'épicerie.

Il me les tend.

– Emballe tes pieds avec ça.

– Mes chaussures sont propres, j'ai juste marché...

– Non, il y a de la neige par terre. Elle peut être contaminée par du sel déglaçant. Mon père dit que c'est super dur pour les tapis. C'est comme du napalm sur une forêt.

– Du napalm ? C'est quoi ça ?

– Un produit qui a été répandu en avion par les soldats américains au Vietnam pour détruire les arbres. C'est vraiment puissant.

– Génial. Tu penses que je pourrais m'en servir pour m'épiler le bikini ?

– Hein ?

– Laisse faire.

Je lui ai arraché les sacs des mains et j'ai fait entrer mes pieds dedans. 😊

– Merci de ta collaboration, il m'a dit de nouveau.

Alexandre a pris place derrière le volant.

– Hum, les sacs sur les bancs, c'est nécessaire? Je commence à le prendre personnel.

– Oh, c'est juste au cas où tu, tu sais, ce serait le temps.

– Le temps de quoi?

– Eh bien, tu sais, le temps des femmes.

Il a démarré l'automobile. J'ai demandé:

– «Le temps des femmes»? Je comprends rien à ce que tu dis.

– Tu sais, chaque mois.

– Les règles?

– Ouais, les règles.

– Attends, t'as mis des sacs sur tes bancs parce que t'as peur que j'aie mes règles dessus?

– Pas moi, mon père. Moi, je ne savais même pas que ça existait, les règles, avant qu'il m'explique que ce sont des accidents qui peuvent arriver.

– Attends, Alexandre. Je vais faire ton éducation, d'accord? Les règles commencent lentement, genre quelques gouttes. C'est graduel; les filles ont en masse de temps pour réagir. J'ai jamais entendu parler de femmes qui expulsent violemment des jets de sang sans s'y attendre et qui arrosent tout ce qui se trouve à cinq mètres autour d'elles comme un arrosoir à pelouse.

Il m'a donné la réponse la plus poche qui soit :

– En tout cas.

« En tout cas » ?

C'est comme s'il me répondait que malgré mon explication, il est persuadé qu'il y a effectivement des filles qui giclent le sang pendant leurs règles et qu'elles sont un danger public, surtout pour les sièges d'automobiles.

– Il n'y a pas d'« en tout cas ». As-tu déjà vu des filles projetées dans le ciel comme des feux d'artifice parce qu'elles avaient leurs règles ? Tu feras le message à ton père que c'est un mythe débile.

– Tu vas pouvoir le faire toi-même.

– Ouais, c'est ça.

Il y a deux chemins pour se rendre au cinéma : le court (quinze minutes maximum) et le super inutilement long (deux semaines).

Alexandre a évidemment pris le long.

– Prends l'autoroute, j'ai dit. C'est vraiment pas long.

– Je ne peux pas. Mon père ne veut pas.

– À moins qu'il nous suive en hélicoptère avec des lunettes de vision nocturne, je ne crois pas qu'il apprenne que t'as emprunté l'autoroute pendant cinq minutes. Promis, ça va être un secret entre toi et moi.

– Il est là. Je ne peux pas.

– Il est là ? Où ?

– Ici.

J'ai regardé en haut, en bas, à droite et à gauche.

– Dans l'auto?

Alexandre a fait oui de la tête.

À moins qu'il soit de la taille d'un Schtroumpf ou qu'Alexandre soit assis sur ses épaules (ce serait genre deux nains déguisés), il n'était pas dans l'auto.

J'ai élaboré deux hypothèses:

1– Son père pouvait suivre l'auto à distance avec une application GPS;

2– Alexandre était schizo et croyait que son père était continuellement dans sa tête en train de le regarder avec des gros yeux et un doigt accusateur pointé vers lui.

Aucune des deux ne s'est avérée.

Il y en a une troisième à laquelle je n'avais jamais pensé et que je dévoilerai plus tard.

– Si tu ne prends pas l'autoroute, on va arriver pour la séance de demain après-midi.

– Mais non, je vais me dépêcher.

Se dépêcher?

On a roulé à cinq kilomètres à l'heure. On a été dépassés par une gang de maternelle en tricycle!

Il a fait des arrêts archi-complets qui m'ont presque fait bouffer les sacs à ordure qui protégeaient les bancs de mon «temps des femmes».

Parce qu'on est passés dans un quartier familial, des arrêts, il y en avait des tonnes.

Chaque fois, il stoppait complètement l'automobile, regardait à gauche, regardait à droite, regardait dans son rétroviseur, regardait encore à gauche et à droite, puis embrayait super lentement parce que c'est à ce moment «qu'on dépense le plus d'essence». 😮

Ça faisait différent de mon grand-père qui, lorsqu'il voit un *Stop*, hurle «Tassez-vous, tabarnouche de tabarouette!» en appuyant sur l'accélérateur tout en fermant les yeux.

C'est finalement au 24$^e$ siècle qu'on est arrivés au cinéma.

La représentation commençait dans quinze minutes. J'avais déjà rongé mes ongles, mes phalanges et mes poignets quand Alexandre est passé à côté de plusieurs places libres.

– Stationne-toi là, j'ai dit.

– Non, je ne peux pas.

– Pourquoi?

– Mon père ne veut pas.

– On s'en fout de ton père. Le film commence dans quelques minutes et je ne t'ai pas encore expliqué que tu t'appelles Wolfgang, que tu fais de la boxe, que tu travailles chez un fleuriste et que tu es un gars extrême parce que tu fais du *bungee* en jouant des bongos. Et si on parle de ta moustache, eh bien, tu leur diras qu'elle a migré sur ta poitrine. Si tu te sens un peu exploité, c'est normal, c'est exactement ce que je fais.

Alexandre a continué de tourner en rond dans le stationnement.

– Qu'est-ce que tu fais? On doit y aller!

– Je dois trouver un stationnement sous un lampadaire. C'est là qu'on risque le moins de se faire voler.

– Voler quoi? Les sacs poubelles sur les bancs? L'aspirateur portatif?

– Non, les pneus. Mon père dit qu'il y a un gros marché pour les pneus d'hiver.

J'étais sur le point d'ouvrir la portière et de me jeter sur le stationnement même si l'auto roulait toujours (à quatre kilomètres à l'heure, les risques de blessures sont minimes) quand, enfin, Alexandre a découvert une place de stationnement sous un lampadaire.

À 43 kilomètres de la porte d'entrée, bien entendu.

Je suis sortie de l'auto et alors que je me démenais pour retirer les sacs d'épicerie de mes pieds, Alexandre a commencé à essuyer avec un torchon la carrosserie de l'auto.

– Qu'est-ce que tu fous?

– Elle est sale.

– Merde, Alexandre. C'est l'hiver, c'est normal.

J'ai pris son poignet et je l'ai tiré vers la porte d'entrée.

Il a fait quelques pas, puis a résisté.

– Attends! Faut pas l'oublier!

– Oublier quoi?

(…)

Faut croire que ce n'est pas cette nuit que je vais terminer mon histoire.

Mes paupières sont des portes de garage en béton.

Allez, je vais voir si je remplis toutes les conditions pour faire partie de la Ligue de football en lingerie et je reviens.

Dansons !

Namxox

Publié le 30 janvier à 12 h 04
Humeur : Indolente

### > Trop laid pour être vrai

Il est temps que la fin de semaine arrive, je suis crevée.

Je vais pouvoir passer les prochains jours à me demander pourquoi le week-end passe si vite alors que la semaine est si longue (indice, il y en a un qui compte deux jours tandis que l'autre en a cinq, *deuh* !).

Je suis au local des Réglisses rouges/journal étudiant. À un des profs en informatique qui se débarrassait d'un ordinateur, Kim a dit qu'on allait le prendre. Il est vieux (il a un lecteur de disquettes et des touches de clavier en vieux français), mais il fonctionne encore. Bon, il faut le nourrir au charbon parce qu'il marche à la vapeur, mais c'est mieux que rien.

C'est assez tranquille, ces jours-ci. À part quelques inconnus ahuris qui viennent me demander si c'est vrai qu'on va se faire bientôt électrocuter *random* ou si «c'est vrai l'affaire des insectes à la caf».

Où est leur esprit critique ? 😲 Pour seule réponse, je leur tends un tract sur les deux meilleures amies du monde, la gonorrhée et la chlamydia, et je leur recommande d'être prudents.

Lara m'a envoyé un texto ce matin.

Elle me demande si c'est moi qui «a parlé».

**Moi**: `Parlé de quoi?`

**Lara**: `Laisse faire.`

**Moi**: `Je n'ai parlé de rien.`

Elle ne m'a pas répondu.

Kim était à mes côtés et m'a éclairée de sa lanterne alimentée aux rumeurs.

– Des langues sales disent que ce n'est pas elle qui a écrit le roman.

– Vraiment... Ce serait qui?

– Elle aurait copié des trucs sur le Net. Qui est assez débile pour faire ça?

Oh, oh...

– Euh, Kim... Les langues sales ont raison.

– Comment ça?

J'ai brisé la promesse que j'avais faite de ne le dire à personne. 😐

– Elle a copié/collé.

Les yeux de Kim ont pris la forme de deux yeux de grenouille.

– Non! Comment il se fait que tu sais ça? Qui te l'a dit?

– Personne. En faisant une recherche, je suis tombée par hasard sur le site du gars qui a écrit le roman.

– Et tu ne me l'as pas dit? C'est tellement *BIG*.

– Je sais. C'est un vrai cauchemar.

– *Oh my God...* T'es sûre que c'est la même chose?

– Oui. Et j'ai eu la même réaction que toi. Il n'y a que les noms des personnages et quelques détails qui ont été changés. Tout le reste est identique.

– À quoi a-t-elle pensé ? Il a fallu qu'elle convainque ses parents. Et son éditeur.

– Je sais ; elle est passée dans les mailles du filet. Je lui en ai parlé la semaine dernière. Elle n'a juste pas eu le courage de dire à ses parents qu'elle avait copié un texte existant. Elle est résignée à se faire coincer.

– Elle n'a tellement pas l'air de ce genre de fille-là.

– De quel genre tu parles ?

– Une tricheuse.

J'ai fait non de la tête.

– Je ne vois pas ça comme de la triche. C'est une grosse connerie.

– Mets-en. Mais ses parents, ils la connaissent ? Me semble que ça se voit quand t'écris un roman. Toi, tu m'en as tellement parlé. J'espère que tu n'as pas copié toi aussi !

– Non ! Jamais de la vie. Tu vois, c'est pour ça que je ne veux pas en parler. Les gens vont tout de suite faire le lien entre elle et moi.

– C'était pas trop délicat, désolée. Des rumeurs, il y en a tellement à l'école. Et des vraiment débiles et méchantes ; on n'arrive jamais à savoir si c'est vrai ou faux. Celle de Lara est la plus grosse que j'ai jamais entendue et elle est vraie. Si ça, ça peut arriver, je me dis que celle à propos de Virginie est vraie aussi.

*Non, Namasté, tu n'es pas comme les autres, ne participe pas à la propagation de rumeurs débiles au sujet de tes camarades de classe, refuse net de jouer à ce jeu méchant.*

– On dit quoi à son sujet?

Kim a regardé à gauche et à droite, et a baissé la voix.

– Eh bien, ne le dis à personne, mais…

Kim m'a révélé l'histoire la plus démoniaque et la plus hallucinante que j'aie entendue.

J'ai réagi avec la bouche grande ouverte de stupéfaction:

– Quoi? C'est malade mental, cette histoire.

– Je sais. C'est fou, hein?

– Je ne verrai plus jamais Virginie de la même façon.

– Alors si l'histoire de Lara est vraie, celle-là aussi peut l'être.

Un silence bienfaisant s'est installé, question que je neutralise mes émotions et que je remette ma mâchoire en place. Puis j'ai dit:

– Lara aura besoin d'aide quand l'affaire éclatera au grand jour. Je ne sais pas comment elle fera pour retourner à l'école. Faudra qu'on soit là pour elle.

– Tu veux la défendre?

– Non, c'est indéfendable ce qu'elle a fait. Mais ce n'est pas une raison pour frapper dessus à coups de pied. Tu sais comment nous, les ados, on peut être méchants.

– «Nous, les ados», c'est tellement une expression qui met tout le monde dans le même paquet, comme si on était des robots fabriqués sur une chaîne de montage.

J'ai imité assez minablement les gestes d'un robot avec mes bras et ma tête, et j'ai parlé da manière saccadée. Mon imitation était tellement pitoyable que ça a jeté un froid entre Kim et moi; on ne se parle plus depuis. Je crois même que j'ai provoqué la fin d'une belle et grande amitié.

Tout cela en raison d'une de mes fantaisies de mauvais goût.

Gnac, gnac, gnac, je niaise.

Allez, je vais consulter les règles qui s'appliquent lorsqu'un nu-vite apparaît sur un court de tennis et je reviens.

Calme-toi les nerfs,
Chosebine

Namxox

Publié le 30 janvier à 17 h 02

Humeur : Interdite

### > **Elle est folle!**

Que le grand cric me croque! Je suis un peu (beaucoup!) sous le choc.

En sortant de l'école, avec Kim, j'ai croisé Valentine. Elle s'est approchée de moi et a demandé à me parler en privé.

J'ai accepté.

On a avancé de quelques mètres.

Après s'être assurée que Kim ne pouvait pas nous entendre, elle m'a dit :

– Tu as eu ta chance avec Mathieu. C'est à mon tour, maintenant. Tu arrêtes de lui tourner autour, compris?

Je n'ai pas pu m'empêcher d'être baveuse.

– C'est pas moi qui tourne autour de lui, mais plutôt le contraire. Et que va-t-il arriver s'il continue? Tu croiseras les bras sur ta poitrine en tapant du pied?

– Je vais te faire casser la gueule.

Brutale!

Même si je ne m'attendais vraiment pas à ce que Valentine me dise ce genre de chose avec de tels mots, je n'ai pas laissé paraître mon trouble.

– Tu peux pas me frapper, j'ai des lunettes.

– C'est pas moi qui te frapperai. T'approches une autre fois de Mathieu et tu es morte.

Valentine s'est éloignée. Je l'ai relancée :

– Morte au figuré, bien sûr. Parce qu'au propre, ce serait un crime.

Pour toute réponse, elle m'a fait un doigt d'honneur.

Kim s'est approchée de moi.

– Qu'est-ce qui se passe ?

J'ai ricané :

– Elle veut me faire péter la gueule parce que je parle encore à Mathieu.

– Vraiment ?

– Ouais.

– Tu as peur ?

– Non, franchement.

J'ai glissé mes mains dans les poches de mon manteau pour que Kim ne voie pas que j'avais commencé à trembler.

Oui, j'ai peur. 🙁

Oui, c'est vrai que je m'amuse à titiller Mathieu, mais c'est innocent. C'est juste un moyen que j'ai trouvé pour le remercier de m'avoir trompée avec cette pouffiasse. Et je ne suis pas la seule responsable. Mathieu aussi ; ça l'amuse.

Même si j'ai fait la fraîche, j'ai senti que Valentine était sérieuse.

Je ne me suis jamais battue dans la vie parce que la violence, ça n'a jamais rien réglé, bien au contraire.

La prochaine fois qu'elle me menacera, je lui donnerai un de mes super coups de poing de karaté, ahhh yaaa!

Sauf que je ne connais rien à cette discipline. À part qu'on s'habille en blanc et qu'on porte des ceintures de différentes couleurs. Des ceintures de sécurité, je pense, ou des ceintures de sauvetage.

– Tu vas en parler au directeur? m'a demandé Kim.

– Non, pourquoi?

– Tu devrais, c'est vraiment menaçant ce qu'elle t'a dit.

– Bof. Ça ne m'énerve pas trop.

– Tu es faite forte.

Pour détendre l'atmosphère et montrer à quel point j'étais *cool*, j'ai encore fait cette stupide imitation de robot en disant:

– Ouais. Je. Sais.

Kim m'a fait une moue de dégoût.

– C'est moi qui devrais aller voir le directeur. C'est super menaçant ce que tu viens de faire.

On a ri.

Sauf que je ne suis pas celle que je laisse paraître.

C'est quoi cette histoire de se battre? Depuis quand on ne peut pas régler nos différends en discutant?

On ne vit pas dans la jungle!

J'ai peut-être un peu exagéré avec Mathieu. C'est vrai que j'aime sentir que j'ai encore de l'emprise sur lui.

Faudrait peut-être que je passe à autre chose. Que je regarde droit devant au lieu de toujours regarder dans le rétroviseur ?

Quand j'ai connu Valentine, tout au début du journal étudiant, elle était douce et gentille.

Jamais je n'aurais cru qu'elle puisse se transformer en verrat protecteur de son territoire et de ses conquêtes. (Un verrat est un cochon, j'ai vu un documentaire à la télévision à ce sujet ; je ne pensais jamais que du futur bacon et des futurs cretons pouvaient être si violents. Bon, la comparaison est boiteuse, mais c'est vendredi après-midi et j'ai eu une semaine éprouvante, donc un peu de tolérance, s'il vous plaît.)

Oui, je pourrais aller en parler à Monsieur M.

Mais je ne veux pas.

Parce qu'il va convoquer Valentine et que je vais passer pour une grosse peureuse.

Ce que je suis, par ailleurs, mais il n'y a que moi qui ai le droit de le savoir !

(...)

J'ai faim, c'est l'heure du souper. Fred, Tintin et moi sommes seuls à la maison. Je vais voir si je peux préparer quelque chose de comestible et de pas trop irritant pour le côlon.

Allez, je tente de faire grossir ma poitrine à l'aide du 90 % de mon esprit que je n'utilise pas et je reviens.

# L'animal parfait de mon frère

Namxox

Publié le 31 janvier à 8 h 53
Humeur : Reposée

### > **Enfin!**

Victoire! J'ai enfin réussi à déjouer mon horloge biologique; je me suis levée tard.

Pas tard comme mon frère – qui a déjà mis les pieds dans la cuisine à quatre heures de l'après-midi un samedi! – mais pour moi, c'est un exploit: huit heures.

Oui, tu peux m'applaudir, public en délire.

Si je n'avais pas eu une super envie de pipi, je me serais rendue à 8 h 10.

(…)

J'ai reçu un texto de Mathieu il y a quelques minutes: «Heille, Beauté, tu fais quoi de bon aujourd'hui?»

J'ai peur de lui répondre.

Et si c'était un piège? Et si c'était Valentine qui me l'avait envoyé en utilisant le téléphone de son *chum* pour me tester?

Si je réponds, elle va peut-être défoncer la porte d'entrée dix secondes plus tard avec un tronc d'arbre, me retrouver et me donner la correction de ma vie en me frappant avec Youki?

Elle est folle!

Et vu qu'il n'y a que mon frère dans la maison pour me défendre, au lieu de me venir en aide, il va filmer le tout pour un projet de documentaire sur le phénomène (vraiment pas) répandu des chiens-transformés-en-objets-contondants-pour-hystériques-jalouses?

Je ne veux pas avoir peur de Valentine, ça lui enverrait le message que ses paroles intimidantes fonctionnent.

En même temps, je ne veux pas la provoquer. Jeter un contenant rempli d'essence sur le feu, c'est pas l'idée du siècle.

Je vais répondre prudemment à Mathieu: «Beauté toi-même, t'as mis tes leggings léopard ce matin, question de mettre en valeur tes délicieuses jambes de gazelle?»

C'est un message neutre.

Faudrait vraiment être de mauvaise foi pour dire qu'à la lumière de ce texto, je tente de le charmer.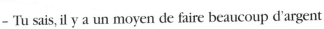

Au diable, Valentine!

Non à la peur!

Non à l'intimidation!

Et non aux marmottes qui traversent les routes n'importe où! (Hé, aux oracles nuls qui prédisent le printemps en regardant leur ombre, les passages piétonniers, ça ne vous dit rien? C'est pas jaune fluo pour rien!)

(...)

Ce matin, au petit-déjeuner, j'ai eu droit à un exposé sur l'avenir de mon frère.

Il veut devenir réalisateur de films.

– Tu sais, il y a un moyen de faire beaucoup d'argent très vite.

– Je ne doute pas un seul instant que tu as analysé ce projet sous toutes ses coutures et qu'il va t'apporter célébrité et richesse, comme les soixante-sept précédents.

– Est-ce que tu es sarcastique ?

– Un peu. À peine. T'as vraiment une antenne à sarcasme. C'est comme un cinquième sens et demi pour toi.

– Je me disais, tu sais, ton roman d'horreur...

– *Les têtes réduites ?*

– Ouais. Je pourrais l'adapter.

– Faut que j'en parle à mon éditeur avant. Et à mon agent à Hollywood. Et à mon estime de moi.

– Bah, laisse faire. De toute façon, j'ai eu une idée gé-ni-a-le.

– C'est vraiment la première fois que je t'entends dire ça. Mais, euh, tu sais, ça prend de l'argent pour faire un film. Beaucoup d'argent.

– Non. C'est une illusion.

– Donc les grosses compagnies menées par des super hommes et femmes d'affaires qui dépensent 200 millions de dollars se trompent ?

– Ouais. On peut dire ça comme ça. Je vais investir un minimum afin d'obtenir un maximum. Et tu sais ce que je serais prêt à faire pour montrer à quel point je crois en ce projet ?

– Dormir dans la morgue d'un hôpital psychiatrique ?

– Hein ? De quoi tu parles ? Non, je suis prêt à investir tout ce que j'ai dans ce projet. Tout. T'as bien entendu, je vais vider mon compte de banque.

– Il y a combien dedans, 40 dollars?

– 112,50 dollars. Avec les intérêts depuis que j'ai regardé le mois dernier, il doit frôler les 112,51 dollars.

– Wow.

– Ça, tu peux le dire. Je veux réaliser le film le plus profitable de tous les temps. Pour cela, je dois atteindre un ratio de 1 pour 7 094.

– À mon tour de ne rien comprendre à ce que tu racontes. Et je t'assure que je fais beaucoup d'efforts.

– Le film *Blair Witch Project* a accumulé des recettes de 248 300 000 dollars pour un budget initial de 35 000 dollars. Chaque dollar investi en a rapporté 7 094. Pour que je puisse battre ce record, genre que chaque dollar que j'ai investi m'en rapporte 7 095, je devrai faire des recettes de 794 640 dollars.

Mon grand frère sort de la poche arrière de son jean une feuille pliée en quatre qu'il déploie et me montre.

– Regarde, j'ai fait des calculs.

– Euh, tout ce que je vois, c'est un cheval avec une queue de poisson et des pinces de homard.

– Hein?

Il regarde la feuille, la replie prestement et la remet dans sa poche.

– Bon, eh bien, je ne sais pas où j'ai mis mes calculs, mais j'en ai fait.

– Attends, c'est toi qui as fait ce dessin-là?

– Ouais, pourquoi?

– Je te retourne la question : pourquoi ?

– Je ne sais pas trop. Peut-être parce que c'est, genre, mon animal idéal.

– Idéal ?

– Ouais, imagine les qualités de la bête : la fougue du cheval, la vigueur du poisson et la puissance du homard.

– Et pourquoi t'as mis des élastiques autour de ses pinces ?

– Pour pas qu'il se blesse. C'est un tueur. Tu sais, comme dans les aquariums d'épiceries.

– Sauf qu'il ne peut vivre ni dans l'eau ni sur terre.

– Mouain, c'est vrai... Je vais lui ajouter des ailes. Comme ça, il va pouvoir évoluer dans les airs.

– T'es un rêveur, Fred.

– Ouais. Comme tu dis. Mais bon, je te parle de mon projet de film parce que je veux que tu écrives le scénario. J'ai eu une idée...

Je l'ai coupé :

– Géniale ?

– Ouais, géniale. Sauf que je sais pas trop comment la transposer en mots.

– C'est quoi, ton idée ?

– Tu n'en parles à personne ?

– Non, évidemment.

– C'est l'histoire d'un nain qui devient un géant, qui se fâche et qui détruit tout. Genre Godzilla, mais au lieu d'être un lézard préhistorique à l'haleine radioactive, c'est une petite personne en colère.

– Hum...

– J'ai déjà le titre.

J'ai levé l'index :

– Laisse-moi deviner : *L'attaque du nain géant* ?

– Non. *Le désarroi des possibles.* Mais *L'attaque du nain géant*, c'est super bon. Tu vois, c'est pour ça que je veux que t'écrives le scénario.

J'ai dit oui à mon frère parce que je ne veux pas briser son enfant intérieur.

Je suis comme ça, moi : respectueuse de l'immaturité si touchante de mon frère.

(…)

Ouf...

Sur le mur *Fesse-de-bouc* que Kim utilise pour passer les messages du Comité étudiant, des élèves ont commencé à demander si c'était vrai que le roman de Lara avait été copié.

Je ne sais pas d'où c'est parti, mais ça va être difficile d'arrêter la vague.

Déjà, il y a des zoufs qui la traitent de copieuse.

Frapper quelqu'un qui est déjà par terre, c'est tellement courageux.

(…)

Bon, un élève dit que le gars qui a écrit le roman de Lara a donné une entrevue à un quotidien.

Ça va faire mal... 😮

(...)

Faudrait bien que je termine mon histoire désastreuse de rendez-vous manqué au cinéma.

Allez, je vais apprendre comment culbuter dans les airs tout en tirant du revolver et je reviens.

# Pas sur la même fréquence

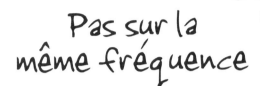

AM 54 60 70 80 100 120 140 160 KHZ

LOG 0 1 2 3 4 5 6 7 8 9 10 SCALE

FM 88 92 96 100 103 106 108 MHZ

Namxox

Publié le 31 janvier à 12 h 08
Humeur : Ennuyée

### > Un échange de bons procédés

Alexandre vient de me texter; il aimerait passer l'après-midi avec moi. Je n'ai pas le goût, mais à présent qu'il m'a rendu service, ce serait poche de lui dire non.

Il m'invite à regarder un film.

Il est beau, il est gentil, mais il ne m'allume pas.

Je pense qu'il souhaite plus qu'une relation platonique. Il m'a dit qu'on allait être seuls, qu'on allait pouvoir mieux se connaître et bla bla bla.

Il est dans ma «zone amitié» et il va le rester. Faudra que je sois claire avec lui pour ne pas le décevoir.

Dès que j'étiquette un gars «zone amitié», c'est sûr que je ne vais pas sortir avec lui. Il manque quelque chose à Alexandre pour que je tripe sur lui.

Le fait qu'il me dit souvent «merci de ta collaboration» me tape sur les nerfs.

Il y a aussi le fait qu'il a peur de son père comme s'il s'agissait d'un dragon à trois têtes.

Non, je ne suis pas amoureuse de lui.

C'est plein de gens qui souffrent de l'existence de la «zone amitié».

C'est plein de filles qui sont amies avec des gars qui rêvent de former un couple avec elles.

Et vice-versa.

C'est une situation super frustrante, surtout quand l'ami envoie des signaux ambigus.

Tant que ça ne m'arrive pas à moi... 😊

(…)

Parlant d'Alexandre, voici la fin de mon épopée rocambolesque qui n'a servi à rien.

Finalement, Alexandre trouve un stationnement parfait sous un lampadaire, mais au lieu de se précipiter vers le cinéma parce que la représentation commence dans moins de dix minutes, il se met à frotter l'auto de son père parce que la présence de gadoue lui donne des boutons sous les pieds.

Mon plan sophistiqué et réglé au quart de tour pour déstabiliser Mathieu étant menacé, avec la délicatesse d'un rhinocéros en tutu sur un lac à peine gelé (hein!), je me suis emparé du bras d'Alexandre et je l'ai tiré vers la porte d'entrée du cinéma.

– Attends, il m'a dit. Mon père.

– Quoi, ton père? Ne me dis pas qu'il ne veut pas que tu ailles au cinéma!

– Non, non. Je l'ai oublié.

– Oublié où?

Alexandre appuie sur un bouton de son porte-clef, un clic se fait entendre et le coffre arrière de l'automobile se soulève de quelques centimètres.

C'est alors qu'apparaît un homme aux cheveux poivre et sel avec des écouteurs sur les oreilles. Alexandre l'aide à se relever.

– Ça va ? il lui demande.

L'homme fait oui de la tête.

– Papa, je te présente Namasté. Namasté, je te présente mon père.

Le père d'Alexandre pose un pied sur le pare-choc et s'extirpe du coffre arrière.

Il s'approche et me tend la main.

– Enchanté, mademoiselle. Alexandre m'a beaucoup parlé de vous. Je suis Jacques, mais vous pouvez m'appeler Jacquo.

On se serre la pince. Je le regarde, étonnée :

– Pendant tout le trajet, vous étiez dans le coffre arrière ?

Il fait oui de la tête et me montre une boîte rectangulaire grise avec des boutons orange.

– Mais ne vous inquiétez pas, je n'ai rien entendu de votre conversation. J'écoutais la radio FM. Quelle belle invention, n'est-ce pas ? La musique est même en stéréo.

Je tourne la tête vers Alexandre, les traits de mon visage évoquant clairement une demande d'explication.

– Quoi ? il réplique. Je t'ai dit qu'il était là. Je n'ai que mon permis temporaire. Je peux juste conduire s'il est dans l'auto.

– Pourquoi ne pas l'avoir attaché au toit de l'auto ? Me semble qu'il aurait été plus à l'aise.

– Oh, ne vous inquiétez pas pour moi. J'étais très bien. C'est exigu, mais avec ma radio, je ne me sentais pas seul.

Je me rends compte alors qu'en raison de sa position dans le coffre arrière, ses fesses étaient à moins de trente centimètres de mon visage. 😐

Avant de perdre connaissance, j'ai chassé cette idée de ma tête et je suis passée en cinquième vitesse.

– Tu viens, Alexandre ? Le film commence bientôt.

– Oui. Viens, papa.

– Oh, euh... Il vient avec nous ?

– Oui. Tu voudrais quoi ? Qu'il passe la soirée dans l'auto à nous attendre ? Il est assez gentil d'avoir libéré sa soirée pour nous.

– Oui, oui, bien sûr. C'est, euh, super.

Alexandre, à son père :

– Oh, papa, tu sais, à propos de ce que tu m'as dit au sujet du temps des femmes, Namasté me dit que...

J'ai alors pris la main d'Alexandre et je l'ai traîné jusqu'au cinéma sans que ses pieds touchent le sol.

Pourquoi ai-je été étonnée de voir son paternel prendre la main libre de son fils ? En voyant cela, j'ai tout lâché et eu une soudaine envie de me boucher le nez, de sauter, de coller mes genoux à ma poitrine et de faire une bombe dans une flaque d'eau sale et glacée.

La place était noire de monde.

Et la salle où Mathieu était affichait complet.

J'ai pensé appeler Grand-Papi pour qu'il vienne me sortir de ce pétrin, mais je ne voulais pas vexer Alexandre.

Je suis donc allée voir avec lui et son père un film super grave dans lequel une femme perd ses cinq enfants d'une maladie génétique. Par la suite, son mari meurt parce qu'il n'a pas reçu de greffe cardiaque à temps, et elle, elle développe une maladie très rare qui la paralyse lentement. Finalement, elle meurt noyée dans son vomi.

J'ai pleuré pendant quasiment une heure sans arrêt. Exactement le genre de divertissement dont j'avais besoin.

Il n'y avait que trois personnes dans la salle.

Heureusement, parce que je me serais enfuie en courant si on m'avait vue avec le père d'Alexandre qui s'efforçait de lancer du maïs soufflé dans la bouche de son fils et qui riait aux endroits les plus dramatiques du film. Sans compter qu'Alexandre est allé aux toilettes à plusieurs reprises en me demandant chaque fois de lui garder sa place, et en me remerciant ensuite de ma collaboration.

Ah oui, et quand le film s'est terminé, Jacquo s'est levé et a commencé à applaudir. Et il nous a avoué candidement en sortant de la salle n'avoir rien compris à l'histoire, mais avoir trouvé que les effets spéciaux valaient le prix du billet.

Alexandre m'a proposé de me reconduire, mais j'ai dit que Grand-Papi allait venir me chercher.

Pendant que je l'attendais à l'extérieur, qui ai-je vu sortir du cinéma?

Mathieu, évidemment. Avec Valentine.

Je me suis cachée derrière une dame en fauteuil roulant ; je ne voulais pas que le couple me voie et se dise que j'ai une vie tragique parce que je vais seule au cinéma.

Mouais... J'ai l'impression que je vais passer la Saint-Valentin toute seule cette année.

Allez, je m'assois dans mon panier en plastique blanc de vêtements propres, je me lance du haut des marches et je reviens.

### > Oh, non!

J'ai passé l'après-midi chez Alexandre.

Avant de raconter ce qui s'est passé, je dois parler de la scène à laquelle je viens d'assister.

Je suis encore toute secouée.

En arrivant à la maison, Pop et Fred étaient assis à la table et pleuraient.

Quand j'ai demandé ce qui se passait, la réponse m'a forcée à m'asseoir.

Ne manque pas la suite
des aventures de Namasté, dans le tome 15,
*Trop tragique, la pensée magique*,
en librairie à l'hiver 2013.

## Dans la même série

# DISPONIBLES EN LIBRAIRIE
## Les aventures du fabuleux Neoman

Le fabuleux Neoman – Tome 1.1
*Le projet N*

Le fabuleux Neoman – Tome 1.2
*L'effet domino*

Le fabuleux Neoman – Tome 1.3
*La méthode Inferno*

Le fabuleux Neoman – Tome 2.1
*La théorie du chaos*

# DISPONIBLES EN LIBRAIRIE
## Collection Grand-peur tome 1

*Les têtes réduites*, premier roman d'horreur de la collection Grand-peur, raconte l'histoire d'une adolescente de 16 ans, Nadia Walker, aux prises avec un problème de timidité maladive. Contre toute attente, elle devient amie avec la fille la plus populaire de l'école, Mélina Bérubé, après avoir assisté à un horrible accident impliquant le copain de cette dernière. Au grand dam de sa meilleure amie qui la met en garde, elle se laissera hypnotiser par son charisme mortel.

Mélina Bérubé est belle, intelligente et cache un secret maléfique qui changera à jamais la vie de Nadia Walker. S'ensuit un suspense à couper le souffle dont les nombreux rebondissements tiendront le lecteur en haleine jusqu'à la dernière page.

# Collection Grand-peur tome 2

Après le succès retentissant des *Têtes réduites*, Namasté nous offre son deuxième roman d'horreur, *Harcelée*.

Sabrina Lavoie est nouvelle à son école secondaire. Dès le premier jour, sa marraine, Mégane Ladouceur, la met en garde contre une certaine Cindy, qui la harcèle depuis des années et que Sabrina doit à tout prix éviter. Mégane compare Cindy à une araignée qui tisse sa toile autour de sa proie pour prendre le temps de la dévorer par la suite.

Alors que Sabrina, qui a déjà été victime d'intimidation, se met dans la tête de changer Cindy, elle est pourchassée par une mystérieuse inconnue qui lui apparaît un jour dans son miroir.

Cette fille décédée depuis plusieurs mois serait une victime de Cindy.

# Collection Grand-peur tome 3

Quand une image vaut mille morts

Alice, une adolescente de quinze ans qui a le coeur sur la main, est amateur de photographie à l'ancienne avec pellicule et développement à l'aide de produits chimiques. Après que l'objectif de son vieil appareil se soit brisé en heurtant le sol, elle en trouve un usagé chez un mystérieux antiquaire.

Alice réalise rapidement que ce nouvel objectif a la particularité de prendre des clichés dérangeants. Au même instant, on souligne le dixième anniversaire d'un évènement tragique qui a eu lieu a son école secondaire. Des questions ont été laissées sans réponse et Alice croit qu'avec son objectif, elle peut y répondre. Elle met alors la main dans un engrenage qui l'entraînera dans un voyage infernal au bout d'elle-même.

Achevé d'imprimer au Canada
sur les presses de Imprimerie Lebonfon Inc.